Julius von Tarent,

Ein Trauerspiel.

Leipzig,
in der Weygandschen Buchhandlung.
1776.

PERSONEN

Constantin, *Fürst von Tarent*

Julius } *seine Söhne*
Guido }

Erzbischof von Tarent, *sein Bruder*

Gräfin Cäcilia Nigretti,
seiner Schwester Tochter

Blanca

Graf Aspermonte, *Julius' Freund*

Abtissin des Justinenklosters

Arzt

Nebenpersonen

Szene: Tarent
Zeit: Ende des funfzehnten Jahrhunderts

ERSTER AKT

ERSTE SZENE

Eine Galerie im fürstlichen Palaste.

Julius, Aspermonte spazieren herein.

Aspermonte. Unbegreiflich – Sie waren ja schon von Ihrer Liebe bis zur Melancholie genesen, diesen ganzen Monat durch so ruhig.

Julius. Ach, mein Freund, die Liebe hat sich für diesen Monat gerächet; alles das Bittre, was auf seine einzelnen Tage verteilt sein sollte, goß sie über diese einzige Nacht aus. Eben deswegen bricht die Wolke, weil es nicht zu rechter Zeit regnete.

Aspermonte. Ich verstehe noch nichts – noch gestern abend waren Sie so ruhig, was machte diese plötzliche Veränderung?

Julius. Ein wachender Traum, also noch weniger als ein Traum. Wie ich abends auf mein Zimmer trete, schießt der Mond nur eben ein paar Strahlen hinein, und die fallen just auf Blancas Bildnis. Ich sehe es an, mir deucht, das Gesicht verzieht sich zum Weinen, und nach einem Augenblick sah ich helle Perlen über seine Wangen rollen. Es war Phantasei; aber Phantasei, die mir alle Wirklichkeit verdächtig machen könnte.

Diese Tränen schwemmten meine ganze Standhaftigkeit weg. Ich hatte eine Nacht – eine Nacht – Glauben Sie es, Freund, unsre Seele ist ein einfaches Wesen[1] – hätte die Last, die diese Nacht auf der meinigen lag, ein zusammengesetztes gedrückt, die Fugen der Teile

1. Die Diskussion über das Problem der Seele, auf die Leisewitz mehrfach anspielt, entzündete sich im Jahre 1767 durch Moses Mendelssohns *Phädon* aufs neue.

hätten nachgelassen, und der Staub hätte sich zum Staube versammlet.

Aspermonte. Ach, ich kenne diesen Zustand zu gut.

Julius. Was wollten Sie kennen – Nennen Sie mir eine Empfindung, ich habe sie gehabt. Immer ward ich von einem Ende der menschlichen Natur zum andern gewirbelt, oft durch einen Sprung von entgegengesetzter Empfindung zu entgegengesetzter, oft durch alle, die zwischen ihnen liegen, geschleift.

Alle Möglichkeiten gingen vor mir vorüber, und notwendig muß ich in einer von ihnen mein Schicksal gesehen haben – Einmal hatte ich schon das Kloster erbrochen und führte sie in meine Kammer, – wie ich schon an das Brautbette trat, sah mein Vater mit der Miene der väterlichen Wehmut herein – sogleich ließ ich ihre Hand fahren.

Aspermonte. Nutzten Sie das nicht, kamen Sie da Ihrer Vernunft nicht zu Hülfe?

Julius. In der Tat, diese Idee schien die Vernunft zu erwecken; ich rief: „Julius, Julius, sei ein Mann!" – Ja, ich sprach das „Julius! Julius!" als wenn es die Standhaftigkeit spräche, aber das „sei ein Mann!" zerschmolz wieder in einen Seufzer der Liebe.

Aspermonte. Gießen Sie aus, gießen Sie aus, edler Jüngling, mein Herz ist Ihres Schmerzes würdig.

Julius. Und ihr göttliches Bild – ich sehe es immer in tausend Auftritten, in tausend Gestalten, wie sie jedem Alter seine Reize abborgte, freimütige Unschuld von der Kindheit, Interesse von der Jugend, und wie ihr die Liebe durch meinen ersten Kuß Schüchternheit gab. Und die heilige Miene ihres itzigen Standes – sonst kann er ihr nichts geben. Die Flamme der Religion hat schon ihr ganzes Wesen geläutert. Und wir kommen hier nur bis auf einen gewissen Strich – jenseits desselben werden Menschen Schwärmer, aber nicht Engel.

Aspermonte, denken Sie sich einmal die betende Blanca – Was, Sie stehen stille – die Idee haben Sie gewiß zum ersten Male, und Sie springen nicht auf wie ein Rasender?

Aspermonte. Sie sind mir überlegen, Prinz – so

stark war nie eine Liebe. Sie haben recht, ich kenne nichts.

Julius. Sie wissen das Ärgste noch nicht – ich sahe noch einmal auf ihr Bildnis und dachte, was sie in dieser Nacht machte. Wie sie vielleicht über meine Untreue weinte und der Mond durch ihr kleines Fenster auf ihr Kruzifix und Breviarium schiene, ein Strahl fiele etwa auf mein Bildnis, und anstatt daß ich auf dem ihrigen Tränen sahe, sähe sie auf dem meinigen spöttisches Lachen. Die Hölle käme ihrer Einbildung zu Hülfe, und das Gewölbe des Kreuzganges schallte vom höllischen Hohngelächter wider –

Aspermonte. Die Vorstellung schickte Ihnen die Hölle.

Julius. Auch konnte die einfache unsterbliche Seele diese Vorstellung nicht tragen – ich verlor eine Zeitlang alle Empfindung, wie ich wieder dachte, war der erste Sturm der Leidenschaft vor diesmal vorbei. Die Periode der Entwürfe nahm schon ihren Anfang.
Wie ich im Vorsaale herumschwankte, hörte ich, daß meine Wache vor der Tür schnarchte. Ich habe nie einen Menschen so beneidet als diesen Trabanten. Wenn er auch liebt, so kann er doch schnarchen, dachte ich.
Ich habe ein Herz und bin ein Fürst – das ist mein Unglück – wie soll ich meinen Hunger nach Empfindungen stillen – mein Mädchen nimmt man mir – und kein Fürst hatte ja jemals einen Freund; ach, wer an der Brust eines Freundes lieget, vergesse doch im Glücke der Elenden nicht und weihe guten Fürsten zuweilen eine Zähre.
Diese Betrachtungen führten mich auf einen Entwurf: was hält dich ab, fiel mir bei, entführe sie und verbirg dich mit ihr in einem Winkel der Erde. Wirf deinen Purpur ab und laß ihn den ersten Narren aufnehmen, der ihn findet.
Nur über die Zeit, wenn dieses geschehen sollte, war ich nicht eins – zuweilen dachte ich, um meinem Vater Gram zu ersparen, bis auf eine gewisse Periode zu warten – Sie verstehen mich – aber meistens deuchte es mir bis morgen schon zu lange.

Die Morgenröte brach eben an, als ich so träumte, ich ging in den Garten und träumte noch so süß, als Sie mich antrafen.

Aspermonte. So bedaure ich es in der Tat, daß ich Sie störte.

Julius. Freund, so sehr ich von der Liebe taumle, so weiß ich doch noch so viel, daß ich taumle. Sie müssen mich leiten, Aspermonte. Raten Sie mir in Absicht meines Entwurfes – Aber lieben Sie mich auch wirklich?

Aspermonte. Die Frage, und was Sie vorhin sagten, beleidigt mich; haben Sie denn alles vergessen, daß ich mich Ihnen ganz widmete, weil ich Ihr Herz kannte und wußte, wie selten Fürsten Freunde haben, daß mir selbst der Zweifel aufstieß, ich schätzte vielleicht in Ihnen den Fürsten und nicht den Menschen – wissen Sie es denn nicht mehr, wie wir da ausmachten, ich sollte ganz unabhängig sein – Ihnen sogar insgeheim meinen Unterhalt an Ihrem Hofe bezahlen?

Julius *(umarmt ihn)*. Verzeihen Sie dem Affekte; auch im Taumel der Liebe fragte mich Blanca: „Julius, liebst du mich?"

Aspermonte. Doch ich gebe Ihnen eine entscheidende Probe. Wenn Sie Ihren Entschluß ausführen und kein Fürst mehr sind, so folge ich Ihnen.

Julius. Also soll ich ihn ausführen?

Aspermonte. Prinz, bedenken Sie; Sie sind die Hoffnung eines Landes – die Pflicht für das Ganze –

Julius. Verschonen Sie mich mit Ihrer Philosophie – Philosophie für die Leidenschaften, Harmonie für den Tauben.

Aspermonte. So sei'n Sie doch wenigstens erst versichert, daß Ihr Entschluß ein Entschluß ist. Ein Traum warf Ihr voriges System um, ein neuer Traum kann Ihr itziges umwerfen; warten Sie wenigstens einen Monat.

Julius *(umarmt ihn)*. Ich will warten, aber unterstützen Sie mich in dem Monat, unterstützen Sie mich.

ZWEITE SZENE

Julius. Aspermonte. Guido.

Guido. Du läßt mich lange nach dir aussehen, und ich habe doch wichtige Dinge mit dir zu reden.

Julius. Um Verzeihung.

Guido. Bruder, der Ton, der unter uns herrscht, gefällt mir nicht. – Ich kann hassen; hassen wie ein Mann – Aber es gibt einen gewissen dumpfen Haß, da man nicht gestehn will, daß man sich nicht mehr liebt, den verabscheue ich – da machen sie denn ohne den Geist der Vertraulichkeit noch immer ihre Gebräuche und begegnen dem Körper der verstorbenen Freundschaft, als wenn sie noch lebte, führen ihn zu Tisch und zu Bette. Wahrhaftig, diese Freunde sind ein liebliches Bild, oben die Augen voll Groll und unten den Mund in einer so natürlich freundlichen Miene, als wenn hölzerne Muskeln am Draht gezogen würden.

Julius. Laß uns davon aufhören!

Guido. Da triffst du einen neuen Charakter – Sie fürchten immer, im Gespräche zusammen auf den streitigen Punkt zu kommen, gehen immer hundert Meilen um ihn herum, reden eh'r von ostindischen Wundertieren als von sich. Aber ich will lieber einen frischen Schnitt durch das Geschwür, als daß es unter sich eitere.

Julius. Wenn nun aber kein Geschwür da wäre.

Guido. Bruder, du willst mir antworten. Gut, so laß mich erst reden. Du weißt meine Rechte auf Blanca – das vermindert sie nicht, daß mich mein Vater wegen unsers Streites über sie vor fünf Monaten in den candischen[2] Krieg und sie ins Kloster schickte. Ich gebe meine Rechte nicht auf, das mußte ich dir nach meiner Rückkunft von neuem sagen.

Julius. Deine Rechte – –

Guido. Laß mich ausreden! Ich habe ihr eh'r als du

2. Kandia (Candia): ital. Name der Insel Kreta und deren Hauptstadt Heraklios noch im 17. Jh.

meine Liebe angetragen, für einer großen Versammlung angetragen, in diesem ganzen Feldzuge selbst bei königlichen Mahlen sie meine Geliebte genannt – oft habe ich bei Turnieren die Weiber zischeln hören – „Guido von Tarent – und sie heißt Blanca“.
Wie ich im Sturme von Candia die Mauren erstieg, rief ich ihren Namen laut aus, und das ganze Heer rief ihn nach. Sieh, meine Ehre steht zum Pfande, aber ich will sie lösen.

J u l i u s. Aber Blanca selbst –

G u i d o. Schweig davon, Bruder! Schönheit ist der natürliche Preis der Tapferkeit – und dabei haben die Weiber keine Stimme. Fragt man die Rose, ob sie dem, der Geruch hat, duften will? – Und wodurch hast du sie verdient? Glaube mir, wenn man dich wie ein liebekrankes Mädchen im Pomeranzenwalde irren sieht, man sollte dich eh'r für den Preis als den Kämpfer halten!

J u l i u s. Bruder, du wirst unausstehlich beleidigend.

G u i d o. Gut, laß mir meine Rechte auf Blancan – und dann mache, was dir gefällt. Sei die Puppe eines erwachsenen Mädchens, komm wie eine zahme Wachtel, wenn sie pfeift, wehre ihr die Fliegen ab, wenn sie schläft – Sei empfindsam, pflücke Violen, freue dich, wenn die Sonne aufgeht, und wenn sie untergeht; laß deinen Aspermonte da unterdessen die Tarentiner regieren – was geht's dich an, ob sie glücklich sind oder nicht – Genug, du weißt dein Mädchen zu lieben, und Trotz sei jedem Sperling geboten!

J u l i u s. Bruder, halt ein und laß dir sagen!

G u i d o. Und wenn du in ihrem Schoße stirbst, so laß dir dein Grabmal neben den Trophäen unsers tapfern Ahnherrn Theodorichs aufrichten – Laß es den Bildhauer mit Rosen und Weinreben zieren, ein paar schnäbelnde Tauben daraufsetzen, unten einen weinenden Amor und eine schlafende Geschichte[3] – Aber vor allen Dingen laß ja darauf hauen: „Hie liegt ein Fürst von Tarent“; das kann seinen Nutzen haben,

3. Gemeint ist die schlafende Geschichtsgöttin.

und wenn das Grabmal auch mitten in unserm Erbbegräbnisse stünde. Freilich – –

Julius. Bruder, ich höre, du willst, ich soll gehen – ich gehe schon. *(Ab.)*

DRITTE SZENE

Guido. Aspermonte.

Guido *(höhnisch)*. Der wird die Operation männlich aushalten! Kann er doch nicht einmal vertragen, daß man den Schaden sondiert. Die Wahrheit nicht hören wollen – hat der Weichling deswegen den Plato gelesen? Ich lobe mir meinen schlichten Menschenverstand. Handeln, Aspermonte, macht den Mann, und wenn es auf den Punkt kommt, so ist Ihre Philosophie tot, freilich mit hohen Sentenzen einbalsamiert, aber doch tot. *(Aspermonte will gehen.)* Bleiben Sie; diese Liebe zur Spekulation hat er von Ihnen. Und ob ich gleich nie in Ihren Fechtschulen mit Syllogismen gefochten habe, so will ich es Ihnen erweisen, erweisen will ich es Ihnen, Spekulation tötet den Mut. Hm! Sagten Sie eben etwas?

Aspermonte *(kalt)*. Nein.

Guido. Weil ich doch eben im Zorne bin – und darin hat noch niemand wissend gelogen – was hat denn der Schmetterling für ein Recht, mein Nebenbuhler zu sein, woher wissen wir es, daß er Herz hat? hat er je ein Feldlager gesehn? Und wie ich es ihm sagte: Männliche Tapferkeit verdient allein die weibliche Schönheit! Warum hat sonst das Weib das tiefe Gefühl seiner Schwachheit und der Mann den Mut? Schon in der Natur des Weibes sehen wir so das Verdienst des Mannes bestimmt, und alle andre Verdienste, Resultate menschlicher Einrichtungen, können dies Gesetz der Natur nicht aufheben. Und er ist ein Weichling – Können Sie etwas zu meiner Widerlegung vorbringen?

Aspermonte *(kalt)*. Nichts, gnädiger Herr.

Guido. Nichts? – Ich will Ihnen noch mehr sagen. Julius hat die Weichlichkeit zuerst in unser Haus eingeführt, aber er wird ein Herkules gegen seine Nachkommen sein; Weichlichkeit ist das einzige, worin es natürlicherweise der Schüler weiter bringt wie der Meister, und der letzte sinkt immer am tiefsten, wie der, der auf einen sumpfigen Boden zuletzt tritt; und auch das kommt mittelbar von Ihnen – von Ihnen, Aspermonte – Sind Sie stumm? Diese bloß angenommene Kälte verdrießt mich; verdiene ich nicht, daß Sie mit mir reden?

Aspermonte. Ich kann reden, Prinz, ich kann reden, aber Sie können itzt nicht hören.

Guido. Ha, Witzling, ich fühle die ganze Schwere dieser Beschimpfung. – Genugtuung! *(Er zieht.)* Ich bin als Fürst über Ihre Beleidigungen; aber ich will hier lieber Beleidigter als Fürst sein – ziehen Sie!

Aspermonte *(kalt)*. Ich werde mich in Ihres Vaters Palast nie mit seinem Sohne schlagen.

Guido. Ziehen Sie, oder ich stoße Sie nieder!

Aspermonte *(zieht, sie fechten, Aspermonte verteidigt sich nur)*. Sehen Sie, Prinz, ich schone Sie.

Guido. Mich schonen, mich schonen, entsetzlich! – das fordert meine ganze Rache. *(Er ficht hitziger.)*

(Der Erzbischof tritt auf und zwischen sie.)

Erzbischof. Guido, Guido, willst du deinen Vater zu seinem Geburtsfeste mit Degengeklirre wecken? *(Zu Aspermonte.)* Und Sie ziehen gegen Ihres Herrn Bruder?

Guido *(zu Aspermonte)*. Es muß für diesmal genug sein – aber vergessen Sie nicht, nur für diesmal! *(Zum Erzbischof.)* Ich zwang ihn.

Aspermonte. Sie haben es gesehen, ich bin kein Weichling; – aber ein Beweis ist genug, ich werde Ihnen nie einen zweiten geben. *(Ab.)*

VIERTE SZENE

Erzbischof. Guido.

Erzbischof. Guido, Guido, schon wieder in Flammen!

Guido. Wie konnte ich anders, wie konnte ich anders.

Er brachte mich durch angenommene Kälte aufs Äußerste, sagte mir die brennendsten Beleidigungen mit einem so einfältigen Gesichte, als wenn er auch für die Erbsünde zu dumm wäre.

Erzbischof. Ich kenne dich, du reizest sie immer zuerst.

Guido. Wer reizet zuerst, der ein hitzig Wort ausspricht, oder der, der ihn durch tausend Torheiten und stumme Beleidigungen dazu bringt? Wer möchte nicht bersten, wenn er die untätigen Knaben in ihren Sesseln von Weisheit triefen sieht – Da schwatzen sie von Unsterblichkeit und Freiheit und von dem höchsten Gute, sehen ernsthafter aus als Marcus Porcius Cato, wenn er Bauchgrimmen hatte. Und doch hat alles das Geschwätz noch nichts gewirkt als eine sanfte Leibesbewegung des Schwätzers.

Erzbischof. Aber ich bitte dich, Guido, wenn das auch so wäre, was geht es dich an?

Guido. Und alles das wird mit Beispielen großer Männer erläutert. Aber beim Himmel, wer ein Held sein kann, wird kein Geschichtkundiger. – Allein da steht der müßige Julius im Tempel des Nachruhms, bläst den Staub von der Bildsäule Alexanders, setzt einen neuen Firnis über die Nase des Cäsars und gafft nach der Erbse des Cicero[4]. So viel glänzende Beispiele weiß er – lägen große Keime in ihm, er wäre selbst ein Held geworden – oder er hätte sich wenigstens gehenket. – Wahrhaftig, er kann den ganzen Abend Leben und Taten lesen und doch die Nacht ruhig schlafen.

Erzbischof. So höre doch endlich auf, Guido!

Guido. Aber das sind die Früchte der gepriesenen Ruhe, in der jede Tugend rostet – O, ich fühle es selbst! Warum rief mich itz mein Vater aus dem Kriege wider die Ungläubigen? – Da sitze ich nun und muß mir die Zähne stohren, wenn ich die Nachrichten höre, wie meine Freunde berühmt werden, und *(stampft mit dem Fuße)* – da Te Deum singen, wenn Schlachten ohne mich gewonnen werden – Sei'n Sie

4. Cicero soll an der Nase ein erbsenförmiges Mal gehabt haben.

nicht unwillig, Herr Oheim – lassen Sie mich wenigstens in die Stangen meines Käfigs beißen.

Erzbischof. Gut – aber warum verlangst du, daß jedermann so chimärisch denken soll als du?

Guido. Wenn das Chimären sind, so gebe ich nicht diesen Degenkopf für den ganzen Wert des Menschengeschlechts. Aber ich fühle es hier *(indem er sich an die Brust schlägt)*, daß ich Wirklichkeiten denke.

Erzbischof. Laß das gut sein! Aber warum soll denn jedermann so denken als du, wozu die ewigen Parallelen zwischen dir und Julius?

Guido. Macht er nicht diese Parallelen selbst, steht allerorten in meinem Wege, schwatzt, wo ich handle, wimmert, wo ich liebe.

Erzbischof. Über den Punkt konntet ihr längst ruhig sein – Blanca ist eine Nonne.

Guido. Herr Oheim, Guidos Entwürfe können alle zerstört werden, aber er gibt keinen einzigen auf. Ich wette gern mit dem Schicksale. Laß es die Ausführung meines Entschlusses setzen, ich setze mein Leben – mir deucht, das Spiel ist nicht ungleich. Da ist meine Hand; schlagen Sie im Namen des Schicksals ein!

Erzbischof. Bedenke, was du schwatzest; Blanca steht unter der Gewalt und dem Schutze der Kirche.

Guido. Ich weiß, was Sie sagen; ich weiß, eine Schlacht ist gegen einen Streit mit der Kirche nur eine Fechtübung gegen eine Schlacht. Aber –

Erzbischof. Halt, Guido, ich habe schon vieles gehört, was der Oheim nicht hören sollte; du willst jetzt etwas sagen, was der Bischof nicht hören darf – *(Ab.)*

FÜNFTE SZENE

Guido. Hm – *(Pause)* ich bin nicht so leicht, als ich nach einem Zweikampfe sein sollte, war es doch nur ein halber, und noch dazu lassen sie mich alle dastehen wie einen Wahnwitzigen, dem man nicht durch den Sinn fahren darf, damit er nicht rasend werde – was tut's, daß andre meine Grundsätze hassen – Gott sei

Dank, daß ich welche habe, und daß ich sie behalten kann, wenn mich auch ein Weib streichelt und ein Teufel mir dräuet. Was wäre Guido ohne diese Stetigkeit – Macht, Stärke, Leben, lauter Schalen, die das Schicksal abschälet, wenn es will – aber mein eigentliches Selbst sind meine festen Entschließungen – und da bricht sich seine Kraft. Und warum sollte ich meine Entwürfe nicht ausführen? Gehorsam beugt sich die leblose Natur unter die Hand des Helden, und seine Plane können nur an den Planen eines andern Helden zerschellen, und ist das hier der Fall? – ein Mädchen aus den Armen eines Weichlings reißen, dessen ganze Stärke meine Tugend und das brüderliche Band ist. Sie seie mir heilig, aber beim Himmel, meine verpfändete Ehre will ich einlösen, – zwar bekomme ich durch diese Unternehmung kein Lorbeerblättchen mehr, als ich versetzte; denn ein Sieger kann aus einem Siege nicht mehr Ehre holen, als der Besiegte hat – und was hat Julius? – Doch das Erworbne erhalten ist auch Gewinn – O sie sollen es erfahren, was ein Entschluß ist! *(Ab.)*

SECHSTE SZENE

Fürst. Erzbischof.

F ü r s t. Das sieht Guidon nur zu ähnlich. – Aufrichtig, Bruder! glaubst du, daß ich noch einmal ein glücklicher Vater werde?

E r z b i s c h o f. Ich glaube es in der Tat.

F ü r s t. Itzt bin ich es nicht; ach, diese Zwistigkeiten beugen mich – wenn nur nicht wahre Disharmonie ihrer Charaktere der Grund davon ist!

E r z b i s c h o f. Ich hoffe nicht.

F ü r s t. Ich auch nicht, aber ich habe früh Bemerkungen über den Punkt gemacht. Als Guido noch ein Knabe war, immer im Spiel König sein wollte und für die Bewunderung seiner Gespielen so gefährlich auf Bäume und Felsen kletterte, daß sie ihn für schwindelnder Angst kaum bewundern konnten, so dachte ich oft, hilf Himmel, wenn die Leidenschaften des Knaben erst aufwachen! – Sie sind aufgewacht, und siehe, er ist so geizig nach Ruhm, daß es ihn verdrießt, daß es gleichgültige Dinge gibt, die nicht schänden und nicht ehren. Er wünschte entweder, daß essen Ruhm wäre, oder daß er gar nicht äße. Was nicht Ehre bringt, glaubt er, bringt Schande, das ist sein Unglück.

Erzbischof. In der Tat ein unruhiger, gefährlicher Charakter!

Fürst. Noch gefährlicher, weil er neben Julius steht – Ehe der als ein Kind wußte, was Liebe ist, hatte er schon ihren schmachtenden Blick. Als Knabe war es sein größtes Vergnügen, in der Einsamkeit zu träumen. In ein so vorbereitetes Herz kam die Liebe früh, aber ebensowenig unerwartet als ein Hausvater in seine Wohnung. Nun stelle diese Charaktere nebeneinander.

Erzbischof. Bruder, das, was du eben da schilderst und für den besondern Charakter deiner Söhne hältst, ist der allgemeine der Jugend. Es gibt keinen Jüngling von Hoffnung, der nicht einem deiner Söhne gliche. Laß nur erst das wilde Feuer der Jugend verlodern –

Fürst. Ehe das geschieht, kann vieles verderben. Als wenn dies Feuer so stille verlodern würde, ohne etwas zu ergreifen! Wie fürchte ich die romanhaften[5] langsamen Entschlüsse des einen und das Unüberlegte des andern. Seitdem ich Blancan ins Kloster bringen ließ, gefällt mir Julius noch weniger als sonst. Und mußte ich nicht diesen Schritt tun – war sie nicht zu tief unter seinem Stande – Erstickte nicht diese Leidenschaft jeden Trieb in ihm zu dem, was groß und wichtig ist?

Erzbischof. Verschlimmert ist doch dadurch auch nichts –

Fürst. Gefällt dir denn das nächtliche Irren im Garten? und das Verschließen bei Tage? Hast du nicht gesehn, wie er alles anstarret, zu allem lächelt und wie einer antwortet, dessen Seele weit weg ist?

Erzbischof. Wenn aber die Sache auch nicht so

5. Romanhaft: wunderbar, wie im Roman, der Wirklichkeit nicht entsprechend.

stünde, so verlohnte es der Mühe nicht, daß man davon spräche. – Das, wodurch sie am gefährlichsten scheint, ist, daß sie beide ebendasselbe Mädchen lieben. Aber glaube mir, Bruder, Guidos Liebe ist keine wahre Liebe – bloß eine Geburt seines Ehrgeizes, und sie hat keinen Zug, der nicht ihren Vater verriete –

Fürst. Richtig – aber das macht die Sache nicht besser. Ich weiß, er verachtet die Weiber, und seine Liebe mag an sich ein sehr unbedeutendes Ding sein, und wenn bloß sie auf Julius' Liebe träfe, dann, Bruder, könnten wir sicher schlafen; das hieße ein Kind gegen einen Riesen gestellt, und die werden nicht kämpfen. Aber darin liegt das Schlimme, daß sein Ehrgeiz mit Julius' Liebe zusammenstößt. – Riese gegen Riese, von denen keiner ein Quentin[6] Kraft mehr oder weniger hat als der andre; und das gibt hartnäckige, gefährliche Gefechte.

Erzbischof. Was meinst du denn, was bei der Sache zu tun sei?

Fürst. Mein Plan ist dieser – Guido liebt Blancan bloß aus ehrgeiziger Eifersucht, weil sie Julius liebt. Es käme also nur darauf an, diesen auf einen andren Gegenstand zu lenken – Guido hörte denn von selbst auf.

Erzbischof. Und wer soll dieser andre Gegenstand sein?

Fürst. Cäcilia – ich habe sie deswegen eben zu mir rufen lassen, und ich habe, wie mir deucht, nicht übel gewählt. Ich muß mich wundern, daß der Jüngling nicht schon längst diesen Plan selbst gemacht hat. Eine solche Schönheit täglich zu sehen –

Erzbischof. Wenn er erst das täte! – Weißt du denn nicht, daß es Verliebten Meineid ist, eine fremde Schönheit zu sehen? Wenn ein andres lebhaftes Bild nur in ihrem Gehirne aufsteigt, so glauben sie schon, ihr Herz sei entweiht.

Und nimm dich in acht, daß er nicht merke, daß jemand einen solchen Plan hat, viel weniger, daß du ihn

6. Quentin: mittellat. ‚quentinus' (mit Verwechslung der Vier- und Fünfzahl): der vierte Teil eines Lots (nach Grimm 7,2355).

hast! Sein Vertrauen in Absicht der Liebe hast du verloren, und wenn man das einmal verloren hat, gewinnt man's nie wieder.

Fürst. Cäciliens jungfräuliche Bescheidenheit ist mir für das alles Bürge. Glaubst du wirklich, Bruder, daß ich auf diesem Wege die väterlichen Freuden wiederfinden werde?

Erzbischof. So gewiß, als ich etwas glaube.

Fürst. Und wie sehr würden sie erhöhet werden, wenn Cäcilia meine Tochter würde. – Zu den häuslichen Freuden eines Greises gehören durchaus Weiber; ihr sanfter Ton schickt sich so gut zu seinem gedämpften, und rasche Jünglinge und Männer sind doch in seiner Einsamkeit nie zu Hause.

Erzbischof. Sieh, da kommt Cäcilia – ich will euch allein lassen – Sie wird schon ohne mich rot werden. *(Geht ab.)*

SIEBENTE SZENE

Fürst. Cäcilia.

Fürst. Guten Morgen, Cäcilia – setz dich zu mir!

Cäcilia. Erlauben Sie, lieber Vater und Oheim, daß ich Ihnen erst zu Ihrem Feste Glück wünsche. *(Küßt ihm die Hand.)*

Fürst. Ich danke dir, liebe Tochter – Setze dich – Aber bedenkst du es, daß du mir zu einem neuen Grade meiner Schwachheit Glück wünschest? Ich fühle es, Cäcilia, ich fühle es, daß ich alt werde. Der rosenfarbne Glanz, in dem du noch alle Dinge siehst, ist für mich verbleicht. – Ich lebe nicht mehr, ich atme nur, und das bloße Dasein ohne die Reize des Lebens ist das einzige Band zwischen mir und der Welt.

Cäcilia. Sie halten sich auch für schwächer, als Sie sind.

Fürst. Ich fühle mich. Unmittelbar empfinde ich nichts mehr. Nur ein Kanal ist noch übrig, durch den sich Süßes und Bittres in mein Herz ergießen kann, das sind meine Kinder.

Cäcilia. Und Sie sagten, Sie empfänden nichts mehr? Warum stellen sich doch die Reichen so gern arm! Was haben Sie nicht schon für eine reiche Quelle von Vergnügen, das aus der Betrachtung eines schönen Charakters fließt. Ihre Kinder zusammengenommen sind beinahe ein Ideal der männlichen Vollkommenheit. Das Sanfte Ihres Julius –

Fürst. Meinst du das wirklich, Cäcilia? – Aber auf die Art gewährt mir die weibliche Vollkommenheit dasselbe Vergnügen – Auch du bist meine Tochter –

Cäcilia. Wenn Sie nicht scherzen, so zeigen Sie, in Absicht meiner, wie die väterliche Liebe auch die väterliche Eitelkeit.

Fürst. Wenn nun meine Kinder der einzige Kanal sind, durch den mir Freuden zufließen können, ist es denn Wunder, wenn ich alle in denselben zu leiten suche? Und ist die Liebe nicht die größte Wonne des Lebens? – Nicht wie Ruhm und Reichtum eine Gabe aus den oft schmutzigen Händen der Menschen, nein, ein Geschenk, das die Natur nicht ihnen in Verwahrung gab, das sie jedem mit eigner Hand erteilt. Die Liebe des Paars, das heute am Altar steht, ist wie die Liebe unsrer ersten Eltern im Paradiese. – Siehe, Cäcilia, an seinem sechsundsiebzigsten Geburtstage redet ein Greis mit Entzücken von der Liebe.

Cäcilia. Ein Zeichen, daß er tugendhaft liebte.

Fürst. Aber ich verliere meinen Faden. – Der Strahl der Liebe selbst ist für mein schwaches Herz zu stark, bloß sein Widerschein von meinen Kindern ist für mich. – Mädchen, Julius hat ein Herz – nicht seine glänzenden Handlungen, seine Verirrungen sollen zeugen.

Cäcilia. Ich weiß es zu schätzen.

Fürst. Weißt du, weißt du wirklich? – Wäre er durch Liebe glücklich! Gäbe er mir durch seine Geliebte eine Tochter! – Was ist einem Greise lieber als die weibliche Sorgfalt einer Tochter! Hätte Julius eine Gattin –

Cäcilia. Sie sollte meine erste Freundin sein.

Fürst. Was für einen Wert könnte sie diesem Reste des Lebens geben, an dessen Ende ich aus ihren Armen unvermerkt in die Arme eines andern Engeln gleiten würde, – und dieses Weib mußt du sein, Cäcilia.

Cäcilia. Ich bitte Sie, Herr Oheim. –

Fürst. Jetzt noch keine Erklärung, Mädchen – ich weiß, was mir deine jungfräuliche Bescheidenheit für eine geben müßte, und mit der Zeit – Verstehst du, keine Erklärung.

Cäcilia. Bin ich nicht schon Ihre Tochter? – und ich will es bleiben, Sie nie verlassen, alles, was Ihnen Vergnügen machen kann, schon von ferne ausspähen, immer um Sie sein, wenn mich nicht Ihr Vergnügen selbst abruft, aber –

Fürst. Jetzt keine Erklärung – allein, wenn du mir an meinem künftigen Geburtstage Glück wünschest, und mir vielleicht im Namen eines Enkels Glück wünschest, so denke an diese Unterredung, hörst du, Cäcilia, du sollst an diese Unterredung denken. – Komm, das Frühstück wartet auf uns – deine Hand. *(Er führt sie ab.)*

ZWEITER AKT

ERSTE SZENE

Das Sprachzimmer im Kloster der heiligen Justina.

Eine Nonne ist gegenwärtig.

Julius *(tritt herein).* Ruft die Abtissin! *(Nonne geht ab.)* – Ich muß sie sehen, und wenn ein Engel mit einem feurigen Schwerte vor ihrer Zelle stünde.

(Abtissin tritt auf.)

Ich will die Schwester Blanca sprechen.

Abtissin. Gnädiger Herr, Sie wissen das Verbot Ihres Vaters.

Julius. Frau Abtissin, mein Vater ist heute sechsundsiebzig Jahr alt, und ich bin sein Erbprinz.

Die Abtissin. Ich verstehe Sie – alsdenn weiß ich meine Pflichten, und ich werde Ihrem Sohne unter ähnlichen Umständen dasselbe antworten.

Julius. Sie sollen mir für sie haften. Nonne oder nicht Nonne – Was ist älter, die Regel der Natur oder die Regel des Augustinus? – In meine Kammer will ich sie führen[7], und wenn sie eine Heilige geworden wäre und einen Nimbus statt des Brautkranzes hineinbrächte, und wenn der Priester statt des Segens den Bannfluch über uns bis ins tausendste Glied ausspräche. In diesem Saale will ich ihren Schleier zerreißen, das schwöre ich Ihnen bei meiner fürstlichen Ehre.

Die Abtissin. Ich darf nichts als Sie bedauren.

Julius. Wie ich sage, Sie sollen mir haften. Und finde ich zu der Zeit, die Sie wissen, daß der Verdruß nur einen ihrer Züge tiefer gemacht hat – ich werde schon unterscheiden, was die Traurigkeit tat –, so zerstöre ich – merken Sie sich das, Frau Abtissin, so zerstöre ich Ihr Kloster bis auf den Altar, und Ihre Schutzheilige wird dazu lächeln, wenn sie eine Heilige ist.

Die Abtissin. Gnädiger Herr, wir sind nur Schafe, aber wir haben einen Hirten.

Julius *(geht einige Male auf und ab)*. Wie lange sind Sie im Kloster?

Die Abtissin. Neunzehn Jahr.

Julius. Was schied Sie von der Welt, die Andacht oder diese Mauern? Haben Sie nie geliebt? Waren Sie eh'r Nonne als Weib?

Die Abtissin. Ach Prinz, lassen Sie mich! *(Sie weint.)* – Neunzehn Jahre habe ich geweint, und noch Tränen!

Julius. Nicht wahr, an diesem Gitter hat er gewimmert, und er ist tot – nicht?

Die Abtissin. Ach mein Ricardo! – *(Nach einer Pause.)* Sie sollen Blancan sehen. *(Verschließt die äußre Tür und geht ab.)*

7. Im Manuskript steht dafür: In meinem Bette will ich sie sehen . . . Die oben angeführte Änderung, die der Erstdruck (O) enthält, nahm Leisewitz auf den Einspruch seines Freundes Thaer hin gewiß selbst vor.

ZWEITE SZENE

Julius. Nachher Blanca und Abtissin.

Julius. Was kann die Liebe nicht – und so viel vermag über das Weib ein Andenken, der Schatten der Liebe, was muß nicht Hoffnung, ihre Seele, bei mir tun! O, wer kann diesen Monat ausdauern. Ein Fürstentum für dich verlieren, Blanca, das ist kein Opfer – Das heißt ja bloß sich in Freiheit setzen – Und deinetwegen wollte ich ja jahrelang mein Leben in dem tiefsten Kerker hinziehn, in den von dem erfreulichen Lichte nur so viel Strahlen fielen, als hinreichten, dein Gesicht zu erleuchten.
Blancan sehen – in diesem Augenblick sehen – freilich kostet mir dieses Sehen meine ganze Ruhe; – hm, das ist mir ein elender Rest, und ein Blick von ihr wäre der tiefsten Ruhe des größten Weisen wert.

(Blanca nebst der Abtissin tritt auf, Julius fliegt auf sie zu.)

Julius. O meine Blanca!

Blanca *(tritt einige Schritte zurück).* Keinen Kirchenraub, Prinz.

Julius. Keinen Meineid, Blanca.

Blanca. Nein – denn ich hoffe dem Himmel mein Wort zu halten.

Julius. Deine Gelübde sind Meineid; kann der zweite Schwur, wenn er auch dem Himmel geschworen wurde, den ersten entkräften? Was ist denn beschworne Treue – ein verschloßner Schatz, zu dem jeder Dieb den Schlüssel hat – Aber du hast dem Himmel nichts gelobet. Deine Gelübde sind nicht bis zu ihm gedrungen. Der Schutzgeist unsrer Verbindung hat sie noch in Verwahrung, und der wird sie dir am Tage unsrer Hochzeit zum Brautgeschenk wiedergeben.

Blanca. Ich habe vor jenem Altar Ihnen und der Welt auf ewig entsagt, meinen Kranz zu den Füßen des Altars gelegt, mich selbst oder vielmehr meine Liebe dem Himmel geopfert. – Ach, sie durchdrang mich so ganz, war so mein Alles – hätte ich mich ohne diese dem Himmel geopfert, so hätte ich ihm nichts, höchstens Spott dargebracht. Dieser Schleier ward an jenem feierlichen Tage eine Scheidewand zwischen mir und der Welt; kein Seufzer, kein Wunsch darf zurück. Will ich fröhliche Vorstellungen, so muß ich an die Ewigkeit denken, will ich mit Leidenschaft reden, so muß ich beten. Ich habe ein enges Herz, Liebe zu Ihnen und dem Himmel kann es nicht zugleich fassen. – Ich bin eine Braut des Himmels, und, Julius, Sie wissen es zu gut, ich kann nicht halb lieben.

Julius. Ich weiß es so gewiß, als ich weiß, daß du damals den Himmel belogest – unschuldig belogest.

Blanca. Nun, ich entsage Ihnen jetzt nochmals, – in Ihrer Gegenwart, und bloß deswegen nahm ich Ihren Besuch an.

Julius. Du würdest mich töten, wenn du nicht Unwahrheiten redetest. Die Liebe hat uns zu einem einfachen Wesen zusammengeschmolzen, vernichtet können wir zusammen werden, aber nicht getrennt. Mädchen, Mädchen, dein ganzes Wesen war ja Liebe für mich!

Blanca. Es war es, aber ich habe dies Wesen in Gebeten und Seufzern ausgehaucht – itzt habe ich ein andres Wesen. *(Zieht Julius' Bildnis hervor.)* Da nehmen Sie Ihr Bildnis zurück – es ist das einzige, was mir von unsrer Liebe noch übrig ist – Nehmen Sie, ich darf das Bildnis eines Mannes nicht haben.

Julius. Nimmermehr! Nimmermehr! und wenn du mir mein Herz und meine Ruhe wiedergeben könntest, so möchte ich sie nicht.

(Blanca gibt das Bild der Äbtissin.)

Blanca. Und wenn Sie mein Bildnis ansehn, so vergessen Sie nicht, daß das Original nicht mehr da ist, daß itzt eine andre Blanca weint. Leben Sie ewig wohl. Ich kenne Ihr Herz, Prinz, machen Sie bald ein andres Mädchen dadurch glücklich – ich will für Sie und Ihre Gattin beten.

Julius. So bete für dich selbst – Der Mensch wird nur einmal geboren und liebt nur einmal.

Blanca. Für mich will ich um Vergessenheit beten. Leben Sie wohl.

J u l i u s *(hält sie zurück)*. Blanca, erinnerst du dich der unschuldigen Tage unsrer Jugend? An alles, was uns damals die Liebe gab, Schmerzen und Freuden, Wirklichkeit und Träume, Leben und Othem; wie sie uns ihre schwersten Pflichten so leicht machte und Gewicht auf ihre leichtesten legte? Aber du kannst dir das nicht erinnern, einer solchen Empfindung kann keine Erinnerung nachkommen. Mitten in unsrer Glückseligkeit glaubten wir gestern, unsre Freuden könnten nicht steigen, und heute, unsre gestrige Leidenschaft sei Kälte. Allein ein schwaches Bild ist doch noch immer ein Bild. O Blanca, denk' an unsre Zusammenkünfte im Zitronenwalde – an die Tränen bei der Ankunft, an die Tränen beim Abschiede.

B l a n c a *(in tiefen Gedanken)*. Wunderbar! auch Ihnen hat das geträumt – mir träumte dasselbe.

J u l i u s. Und ich schwöre dir, diese Tage sollen wiederkommen – entweder unter unsren Zitronenbäumen oder den Palmen Asiens oder den nordischen Tannen – wo, das weiß ich nicht, und es ist mir eins! – Aber ich will zu dir, und wenn der Weg zu deiner Zelle rauher wäre als der Weg zum Ruhme, und in Gebüschen zur Seite hagre Tiger für Hunger und Durst winselten! – Nur mein Tod kann diese Unternehmung verhindern, aber ich kann nicht sterben – itzt fühle ich meine ganze Stärke, in meinen Gebeinen ist Mark für Jahrhunderte.

B l a n c a. Ich bitte Sie, lassen Sie mich.

J u l i u s. Es soll eine Zeit kommen, in der dir von deinen itzigen Leiden nichts mehr übrig sein soll als ein wehmütiges Andenken – nichts mehr, als hinreicht, um ein Abendgespräch über vergangne Zeiten interessant zu machen. Auf diesen meinen Armen will ich dich aus diesem Kerker tragen, und deine Empfindung soll die Freude des Erwachenden sein, daß der fürchterliche Traum nur ein Traum war.

B l a n c a. Lassen Sie mich – hören Sie, die Glocke zur Hora läutet.

J u l i u s. Aber ein Andenken deines itzigen Standes mußt du mir geben. *(Er nimmt ihr den Rosenkranz von der Seite.)* Pfand der klösterlichen Liebe, wie will ich dich schätzen! – Mir für nichts feil als für deinen ersten Morgenkuß an unserm Hochzeitstage; dafür kannst du ihn einlösen, und alsdann soll er dein bestes Hochzeitsgeschmeide sein.

Blanca. Mein Hochzeitstag ist schon gewesen.

Julius. Zerreiß deinen Schleier, Blanca – ich will den großen Streit mit dem Himmel wagen! – Ich weiß, du liebst mich, aber ich muß es jetzt aus deinem Munde hören – ich beschwöre dich bei den Tagen der Freude, die vorbei sind und die kommen sollen, versichre es mir noch einmal. *(Er küßt sie.)*

Blanca. Abtissin – helfen Sie mir – *(Sie wird ohnmächtig.)*

Julius. Sie liebt mich. Sehen Sie, Abtissin, das ist eine Versicherung, unsrer Liebe würdig, sie liebt mich wahrhaftig! – und wenn ein Engel seinen Finger auf das Buch des Schicksals legte und schwöre: Blanca liebt Julius, so wäre es für mich nicht wahrhaftiger.

Abtissin. Ich bitte Sie, verlassen Sie uns.

Julius. Erst will ich diese göttlichen Augen wieder offen sehen – *(Blanca schlägt die Augen auf.)* Es ist genug – Abtissin, ich danke Ihnen – winselnd sehen Sie mich nicht wieder. *(Ab.)*

DRITTE SZENE

Blanca. Abtissin.

(Blanca erholt sich vollends.)

Abtissin. Er ist weg.

Blanca. Ach, hätte ich ihn nicht gesehen, er hat meine Andacht getötet und meine Gebete vergiftet.

Abtissin. Liebste Tochter!

Blanca. Ich bin nicht Ihre Tochter – ich bin eine Buhlschwester im Nonnenkleide. Sehen Sie, das Samenkörnchen der Hoffnung, das er aussäte, ist schon aufgeschossen, Wünsche sind seine Blüte, und – wahrscheinlich Verzweifelung seine Frucht. Pflicht und

Gelübde, habt ihr denn nicht ein einziges Wort der Stärkung für die arme Blanca? – ach, sie sind stumm!

Abtissin. Oder du bist taub, Blanca.

Blanca. Nicht doch, höre ich es doch, wenn die Liebe nur eben „Julius" lispelt – Abtissin, sagte er nicht, die Tage der Freude sollten wiederkommen, in einem entfernten Winkel der Erde wiederkommen? Er hält, was er verspricht. Ha, ich sehe schon die Fackeln im Kloster und höre die Tritte der Pferde und das Geräusch der Segel – ha, jetzt sind wir da – in dem entferntesten Winkel der Erde – diese Hütte ist klein – Raum genug zu einer Umarmung[8] – das Feldchen ist enge – Raum genug für Küchenkräuter und zwei Gräber – und dann, Julius, die Ewigkeit – Raum genug für die Liebe.

Abtissin. Du schwärmst – Entferne dich von hier. Komm mit in den Garten, komm, Blanca.

Blanca. Wohin! Wohin! unter die asiatischen Palmen oder die nordischen Tannen?

(Gehn ab.)

VIERTE SZENE

Die Galerie im Palaste.

Cäcilia (den ganzen Auftritt über sehr tiefsinnig). Porzia, eine Hofdame.

Cäcilia. Der Prinz bleibt lange aus.

Porzia. Sei'n Sie nicht ungeduldig; Ihre seltsame Grille, der Liebe und dem Ehestande auf ewig zu entsagen, erfährt er noch früh genug. *(Pause, in der sie Cäciliens Antwort erwartet.)* Armes Mädchen, glauben Sie, daß das Ihnen die verschmähten Freuden der Liebe ersetzen kann, wenn die Welt Ihre glänzenden Talente und diese Überwindung bewundert? Glauben Sie es, Bewunderung ist eine kitzelnde Speise, aber ich versichre Sie, nichts in der Welt sättigt auch so

8. Vgl. Schillers Gedicht *Der Jüngling am Bache* (Vers 31 f.).

leicht. – Und sich immer räuchern zu lassen, dazu gehört die göttliche Nase eines Gottes oder vielmehr die hölzerne seiner Bildsäule.

Cäcilia. Ich habe überlegt – jetzt bin ich entschlossen. Wie oft habe ich es dir gesagt; zuviel und zuwenig überlegen, beides macht gleich viel unzufrieden.

Porzia. Seltsam – O Cäcilie, Sie sehen die Zukunft der Liebe nicht mit dem Auge eines Mädchens – diese rosenfarbne Zukunft, wo jede Stunde ihr Füllhorn von Freuden ausgießt und verdrängt wird, ehe es leer ist! Da ist kein andrer Wechsel als sanftere Freuden fur lebhaftere, der das Leben zu einem Blumenbeete macht, das hier durch die prächtige Rose, dort durch das bescheidne Veilchen reizt! Aber Sie – ich habe Sie neulich am Traualtare Ihres Bruders ausgespäht! – War doch in ihrem Auge so gar nichts von dem, was ich in jedem andern sahe – Andenken oder Ahndung der Liebe.

Cäcilia. Wer dich so predigen hörte, gute Porzia, sollte schwören, du wärest nie verheiratet gewesen.

Porzia. Und glauben Sie denn auf immer für der Liebe sicher zu sein? Man kann sie wie das Gewissen mit Mühe auf eine Zeitlang einschläfern, aber beide erwachen zuletzt, – und was das schlimmste ist, gemeiniglich zu spät.

Cäcilia. Der Prinz verweilt mir zu lange, komm mit mir auf mein Zimmer.

Porzia. O daß die Starrköpfe durch Gegengründe nur noch starrer werden.

(Gehn ab.)

FÜNFTE SZENE

Julius, Aspermonte treten von verschiednen Seiten auf.

Julius. Ah, Aspermonte, ich habe sie gesehen, sie gesprochen, sie geküßt.

Aspermonte. Blancan? – was für ein Schritt!

Julius. Der Riesenschritt der Liebe – über tausend Bedenklichkeiten und Gefahren. Soll denn ein Verliebter, wie ihr andern vernünftigen Leute, vom Gedanken zum Entschluß und vom Entschluß zur Tat Tagereisen hinken?

Aspermonte. Sie sind zu rasch! Voreilig ist kein höh'rer Grad des Schnellen. In dem zu heißen Strahle der Sonne, der ein Gewächs versenget, wird es nie zeitig. Und was haben Sie jetzt von Ihrem Besuche als einen Widerhaken mehr im Herzen!

Julius. Hätten Sie sie gesehn, Sie würden nicht fragen! O des entzückenden Streites der Religion und Liebe in ihrer Seele! Beide vermischten sich so in ihren Empfindungen, daß keine zur andern sagen konnte: diese Träne ist mein, und diese ist dein. Nur einmal sah ich in ihrem Blicke das Lächeln der Liebe – auf ihrem Nonnengesichte wie eine Rose, die aus einem Grabe blühet. Auch öffnete sie mir ihr Herz nicht, bis es von selbst borst, und versiegelte ihr Geständnis mit einer Ohnmacht, dem Bilde des Todes, wie sie ihre Liebe mit dem Tode selbst versiegeln würde. Aspermonte, kein Geliebter war so glücklich als ich! – Ich habe zweimal die Wange *eines* Mädchens glühen sehn, als sie mir ihre Liebe nicht gestehen wollte und gestand. – Wunderbar! der erste Frühlingstag in *einem* Jahre zweimal!

Aspermonte. Ha, Prinz, Ihr Rausch von heute früh ist noch nicht verflogen!

Julius. Aber nennen Sie mir doch etwas, was ich nicht für Blancan tun will! Die mächtigsten Triebe und Kräfte brütet der allmächtige Strahl der Liebe in unserm Innersten, das zu erreichen der Strahl jeder andren Leidenschaft zu kurz ist, und ein Verschnittner mag sagen, die Menschheit ist schwach. Alles in meiner Seele lebet und wirket – Kennen Sie den allmächtigen Hauch im Lenze, so reich an Kraft, daß es scheinet, er werde die Grenzen der Schöpfung verrücken und das Leblose zum Leben erwecken? Ein solcher Hauch hat mein ganzes Wesen durchdrungen. – Und alles, was ich vermag, sehe ich nicht einmal immer – nur zuweilen zeigt mir ein Entschluß den ganzen Reichtum der Menschheit – zeigt ihn mir auf einen Augenblick, wie ein Blitz, der durch eine unterirdische Schatzkammer fährt, das aufgehäufte Gold.

Aspermonte. Ihre Phantasie brennt in einem Grade, daß ich mich fürchte.

Julius. Rede ich unvernünftig? – Gut – der Himmel und Ihr Mädchen vergeben es Ihnen, wenn Sie in ähnlichen Umständen vernünftig reden!

Aspermonte. Und mit ebendiesem Feuer haben Sie zu Blancan geredet? Sie haben sie doch nicht gar in Ihren romanhaften Plan blicken lassen?

Julius. Romanhaft nennen Sie einen Plan, wozu ein wunderbares Zusammenstoßen von Charakteren und Umständen im geringsten nicht nötig ist, wozu ich kaum einen Menschen brauche? Meine Füße tragen mich über die Grenzen von Tarent – Sehen Sie da das ganze Wunder.

Aspermonte. Wunders genug, daß ein Jüngling, mit jeder Kraft für alles, was groß ist, begabet, diese Kräfte mit einem Liebesliedchen einschlummert! – Aber glauben Sie es mir, Julius, es wird eine Zeit kommen, in der Sie für Hunger nach edlen Taten schmachten werden.

Julius. Und ich sage Ihnen, daß ich diesen Ruhm und diese Geschäfte hassen würde, wenn ich Blanca nie gesehn hätte. Es ist nichts in dem Stande eines Fürsten, was sich für mich schickte, von seiner heiligsten Pflicht an bis auf die goldnen Fransen an seinem Kleide. Ah, geben Sie mir ein Feld für mein Fürstentum und einen rauschenden Bach für mein jauchzendes Volk – einen Pflug für mich und einen Ball für meine Kinder! – Ruhm? – dann mag die Geschichte mein Blatt in ihrem Buche leer lassen – Der letzte Seufzer Blancas sei auch der letzte Hauch, den je ein Sterblicher auf meinen Namen verwendet.

Aspermonte. Wie listig Sie Ruhm und Pflicht miteinander verwechseln! – Julius, die Menschen sind nicht da, um nebeneinander zu grasen, und ein Mann kann sich mit einem süßern Gedanken schlafen legen, als daß er satt ist – es gibt gesellschaftliche Pflichten. Im Schuldbuche der Gesellschaft steht Ihr Leben, Ihre

Erziehung, Ihre Bildung, selbst diese Kraft zu sophistisieren. Was steht in Ihrer Gegenrechnung? – Prinz, ein Biedermann[9] bezahlt seine Schulden.

Julius. Wahrhaftig, ich bin diesen gesellschaftlichen Einrichtungen viel schuldig – sie setzen Fürsten und Nonnen und zwischen beiden eine Kluft – Beim Himmel, ich bin der Gesellschaft viel schuldig!

Aspermonte. Kaltes Blut, Prinz! Sie sollen jetzt untersuchen.

Julius. Jetzt soll ich kaltes Blut haben – glauben Sie, daß ich ein Tor sei? – Aber gut, der Staat gibt mir Schutz und fodert dagegen Gehorsam gegen die Gesetze. Ich habe diesen Gehorsam geleistet – die Rechnung hebt sich.

Aspermonte. Meine Behauptung wischt mehr Tränen ab als die deinige – Siehe, Jüngling, dein Vernünfteln ist falsch.

Julius. Ist denn Tarent der Erdkreis und außer ihm Unding[10]? – Die Welt ist mein Vaterland, und alle Menschen sind ein Volk, durch eine allgemeine Sprache vereint – die allgemeine Sprache aller Völker ist Tränen und Seufzer – ich verstehe auch den hülflosen Hottentotten und werde mit Gott, wenn ich aus Tarent bin, nicht taub sein! – Und mußte denn das ganze menschliche Geschlecht, um glücklich zu sein, durchaus in Staaten eingesperrt werden, wo jeder ein Knecht des andern und keiner frei ist – jeder an das andre Ende der Kette geschmiedet, woran er seinen Sklaven hält? – Narren können nur streiten, ob die Gesellschaft die Menschheit vergifte – beide Teile geben es zu, der Staat tötet die Freiheit! – Sehen Sie, der Streit ist entschieden. – Der Staub hat Willen[11]. Das ist mein erhabenster Gedanke an den Schöpfer, und den all-

9. Biedermann (vir honestus): ein Rechtschaffener (nach ah. pidarpi, piderpi, biderbi; mh. biderb: wacker, tüchtig).

10. Unding (non ens): Nichts (Grimm 11, 440 f., verweist eigens auf Leisewitz).

11. Der überaus nachhaltige Einfluß Rousseaus wird an dieser Stelle besonders deutlich: Vgl. die Bekenntnisse des savoyischen Vikars im vierten Buch des *Emile* (1762).

mächtigen Trieb zur Freiheit schätze ich auch in der sich sträubenden Fliege. – Ah, nur zweierlei bitte ich vom Himmel: Blancan; und daß ich keinen Augenblick länger nach Luft als nach Freiheit schnappe.

Aspermonte. Wie Sie umherschwärmen – Prinz, Ihre Schlüsse macht die Vernunft der Liebe.

Julius. Ist das Vorwurf? – Wissen Sie es, Aspermonte, jeder hat seine eigne Vernunft wie seinen eignen Regenbogen; ich die Vernunft der Liebe, Sie die Vernunft der Trägheit. – Wenn wir keinen Augenblick von Leidenschaft frei sind, und die Leidenschaften über uns herrschen, was ist der eingebildete göttliche Funken? – Da dunsten aus dem kochenden Herzen feinre und kraftlosere Teile – steigen ins Gehirn und heißen Vernunft. – Aber ebendeswegen müssen wir nicht streiten, hören Sie lieber das Resultat meiner Entschließungen – ich kann, ich kann diesen fürchterlichen Monat nicht aushalten. – Morgen will ich mit Blanca von hier –

Aspermonte. Morgen?

Julius. Ja, morgen; ha! mir ist in Tarent so bange, als wenn die Mauern über mich zusammenstürzen würden.

Aspermonte. Heute früh wollten Sie noch einen ganzen Monat abwarten und jetzt kaum einen Tag – und doch haben Sie jetzt keinen einzigen Grund zur Flucht mehr als heute früh.

Julius. Keinen Grund mehr – habe ich sie denn nicht weinen sehen?

Aspermonte. Ziehen Sie hin – und lassen Sie Ihren Vater in seinem Sterbezimmer umsonst nach einem Sohne suchen! – Ah, Sie wissen es noch nicht, was es für eine Wollust ist, einem kranken Vater die Küssen zu legen! – Ziehen Sie hin – Sie haben es noch nicht gesehen, wie ein Sohn jeden Morgen auf dem Gesichte des Vaters nach dem Lächeln der Genesung späht – wie er auf den Nordwind zürnt, der um das Zimmer des Kranken heult, wenn er schlafen möchte. Ziehen Sie hin – Wahrhaftig, Sie können es nicht gesehn haben, wie der schon sprachlose Vater das Gesicht noch einmal nach dem Jünglinge dreht und es nicht wieder wendet – Ziehen Sie hin!

Julius. Aspermonte, der Gedanke an meinen Vater, den Sie mir da erwecken, durchbohrt mir das Herz – und doch, meinen Plan auf ewig aufzugeben –

Aspermonte. Nicht auf ewig – nur diesen Monat sollen Sie abwarten – es ist ja nur ein Monat.

Julius. Einen Monat – ach, ich mag tun, was ich will, so bin ich unglücklich! – Werde ich am Ende des Monats Blancan oder meinen Vater weniger lieben?

Aspermonte. Das nicht – aber Sie werden kühler werden – und das ist notwendig – denn auf jeden Fall müssen Sie wählen.

Julius[12]. Gut – also einen Monat – aber das ist ein entsetzlicher Zeitraum – was werd' ich in demselben leiden!

Aspermonte. Vieles. Aber Sie werden sich auch oft zerstreuen, und wenn Sie Ihrem Schmerz noch so getreu bleiben wollten, so werden Sie doch endlich, wenn Sie lange an dem Gegenstand desselben gehaftet haben, auf einen benachbarten abgleiten und von diesem wieder auf einen andern, und so kommen Sie, ohne es zu wissen, über die Gränze der Traurigkeit – Dies ist der einzige wahre Trost der Sterblichen, und so kann ein Sklave bei seiner Kette anfangen und bei einem Göttermahle aufhören – aber ich bitte Sie, Prinz, geben Sie der Zerstreuung nach!

Julius. Ich will sehen.

Aspermonte. Fassen Sie sich, Cäcilia kommt, sie hat heute schon einigemal nach Ihnen gefragt.

Julius. Cäcilia – und warum denn eben jetzt?

Aspermonte. Fassen Sie sich! Sie ist schon zu nahe, um abgewiesen zu werden. *(Geht ab.)*

12. Der Schluß der Szene folgt – in Übereinstimmung mit der Wiedergabe durch R. M. Werner – dem Erstdruck (O[1]). In der Handschrift ist an dieser Stelle auf ein Blatt verwiesen, das fehlt.

SECHSTE SZENE

Julius. Cäcilia.

Julius. Sie haben befohlen – *(Bietet ihr einen Stuhl; sie setzen sich.)*

Cäcilia *(etwas verwirrt)*. Verzeihen Sie, Prinz, ich habe Ihnen Dinge zu sagen, bei denen Sie es vergessen müssen, daß ich ein Mädchen bin – Dinge, die sonst nur der Freund dem Freunde, die Freundin der Freundin entdeckt.

Julius. Sie machen mich äußerst aufmerksam.

Cäcilia. Sie wissen es, wie Blanca und ich uns liebten. – Wir sind an einem Tage geboren und für einander geschaffen. Schon in der frühesten Kindheit beschwuren wir den Bund der unverbrüchlichen Treue und schlangen die kleinen Arme ineinander, um zusammen durch das Leben zu dringen. – Prinz, Sie haben mir vieles zu verdanken. Durch meine warme Freundschaft reifte Blancas Herz für ihre unüberschwengliche Liebe; ich habe diese Liebe genähret und gepfleget von der Zeit an, da Blanca sprach: der Prinz ist reizend, bis dahin, da sie ausrief: Julius, Julius, Inbegriff aller Vollkommenheit!

Julius *(springt auf)*. Ihre Liebe bildete mich zu einem Gotte – beim Himmel, ich schätzte ihre Lobeserhebungen nicht halb so hoch, wenn sie wahr wären!

Cäcilia *(gerührt)*. Lassen Sie uns von Blanca abbrechen – ich bin nicht gekommen, um zu weinen. Nur das muß ich Ihnen sagen: Ich halte ihre[13] Liebe für ein heiliges Feuer, das jeden, der es zu entweihen wagte, verzehren würde.

Julius. Ich verstehe Sie nicht.

Cäcilia. Haben Sie Geduld, und erfahren Sie hiemit das erste Geheimnis meines Herzens – Ich habe der Liebe auf ewig entsagt; frei geboren, will ich frei sterben; ich kann den Gedanken nicht ausstehn, die Sklavin eines Mannes zu werden. – Das Wort Heirat

13. O[1] schreibt: Ihre.

klingt mir wie ein Gerassel von Ketten, und der Brautkranz kommt mir vor wie der Kranz der Opfertiere.

Julius. Cäcilie, ich bewundre Sie.

Cäcilia. Wollen Sie mich durch eine Schmeichelei daran erinnern, daß ich ein Mädchen bin? Sie verbinden mich nicht – O, ich hasse mein Geschlecht, ob ich gleich kein Mann sein möchte –

Julius. Ich weiß nicht, was ich weiter denken soll, Sie haben mich in ein Labyrinth geführet.

Cäcilia *(indem sie aufsteht)*. Gut, so will ich Sie herausführen. Ihr Vater hat uns für einander bestimmt. *(Geht schleunig ab.)*

SIEBENTE SZENE

Julius. Das hatte ich längst erwarten können. *(Pause.)* Viel Reiz – viel Vollkommenheit! und doch möchte ich alles das, was ich je für sie gefühlt habe, nicht mit der untersten Empfindung für meinen untersten Freund vertauschen.

Und sie stand mir von jeher, durch Verwandtschaft und Umgang, so nahe, daß man hätte glauben sollen, sobald meine Empfindung nur aufloderte, müßte sie sie zuerst ergreifen. – Liebe, du bist ein Abgrund, man mag begreifen oder empfinden. –

Verachtet die Liebe aber alles, was sie nicht gemacht hat, sollte es auch nur die Gelegenheit sein? – Oder gehören ihre ersten Ursachen unter die Dinge, die wir nicht wissen, und die wir in unsrem Unwillen darüber Zufall nennen? –

Dummkopf, sie sagte mir ja in diesem Gespräch die Ursach' meiner Kälte selbst. Sie ist kein Weib, darum liebe ich sie nicht; kein Mann, darum ist sie mein Freund nicht.

Stehe ich nun nicht und grüble, warum ich Cäcilien nicht liebe? Habe ich je gegrübelt, warum ich Blancan liebe?

Da ist mir der Name entfahren! Umsonst verwirrte ich mich in diese Spitzfindigkeiten, um mich zu zerstreuen. – Alles im Himmel und auf Erden leitet zu dir; und wenn ich auch an dich nicht denke, so zeigt doch die Art, wie ich an andre Dinge denke, wie du herrschest.

DRITTER AKT

ERSTE SZENE

Im Palast.

Der Fürst, Cäcilia, Julius, Guido, der Erzbischof, Hofleute beiderlei Geschlechts in Gala, unter ihnen Aspermonte. Alle sind schon gegenwärtig, der Fürst sitzt mit bedecktem Haupte auf einem Sessel. Neben ihm stehn seine Söhne und sein Bruder, die andern im halben Zirkel.

Der Fürst *(steht auf und tritt mit entblößtem Haupte in die Mitte der Versammlung)*. Ich danke euch, meine Freunde, ich danke euch. Wahrscheinlich feiere ich heute meinen Geburtstag als Fürst zum letzten Male. Ich gehöre nicht zu den Greisen, die es nicht wissen, daß sie alt sind. Und wenn mich auch der Tod nicht ruft, so denke ich doch, in kurzem den Hirtenstab meinem Sohne zu übergeben. Meine Sonne ist schon untergegangen, und ich wollte so gerne in der kühlen Dämmerung mit Ruhe das lange Tagewerk noch einmal übersehen. Ich hoffe, mein Gewissen wird mir nichts Unangenehmes zeigen.

Freilich ist der Rand des Grabes der rechte Standpunkt zu dieser Übersicht. Jede Nation sollte eine Geschichte der letzten Augenblicke ihrer Fürsten unter den Reichskleinodien aufbewahren. Sie sollte immer offen vor dem Throne liegen; da sehe der Regent das Zittern des Tyrannen, der es zum ersten Male empfindet, daß er ein Untertan ist. Aber er sehe auch die Ruhe des guten Fürsten und bezeuge durch eine gute Tat, daß er sie gesehen habe.

Was ihr auch sehen werdet, meine Kinder, so sollt ihr an meinem Sterbebett gegenwärtig sein.
Ich hoffe, ihr sollt nichts Schreckliches sehen.

Ein alter Bauer *(der einen Blumenkranz in der Hand hat und sich durch die Hofleute drängt).* Das werden sie nicht, wahrhaftig, das werden sie nicht! Gnädiger Herr, ich bin ein Bauer aus Ihrem Dorfe Ostiola. Die Gemeine schickt Ihnen den Kranz zum Zeichen ihrer Liebe. Wir können Ihnen nichts Bessers schicken; denn wir sind so arm, daß wir verhungert wären, wenn Sie es gemacht hätten wie Ihr Vater.

Der Fürst *(gibt ihm die Hand).* O daß die Blumen so lange frisch blieben, bis ich sterbe. Ich wollte sie über mein Bette aufhängen lassen. – Ihr Duft wäre doch wohl Erquickung für einen Sterbenden. – Nimm den Kranz, Julius, er gehört auch unter die Reichskleinodien.

Der Bauer *(zu Julius).* Ja, Prinz, machen Sie es wie Ihr Vater, und mein Sohn soll Ihnen auch so einen Kranz bringen.

Julius *(weint und umarmt den Bauer).* Dein Enkel noch nicht, guter Mann.

Der Bauer. Gnädiger Herr, Gott erhalte Sie und Ihr Haus.

Der Fürst. Nein, Freund, ohne Geschenk kömmst du nicht von mir.

Der Bauer *(indem er abgeht).* Nicht doch, gnädiger Herr, da würde ja aus dem ganzen ernsthaften Wesen ein Puppenspiel.

Der Fürst. Mein Herz ist so voll – *(Gibt ein Zeichen; die Hofleute gehn ab.)* Meine Kinder, bleibt hier!

ZWEITE SZENE

Fürst. Julius. Guido.

Fürst. „Gott erhalte Sie und Ihr Haus" – wenn nur ein Haus erhalten werden könnte, das mit sich selbst uneins ist. Ihr kennet den Schmerz eines Vaters nicht, meine Söhne, und könnt ihn nicht kennen, aber ihr wisset doch, daß es schmerzt, ein Gewächs verdorren zu sehn, das man selbst gepflanzt und gewartet hat; nun, so denkt euch den Gram eines Vaters, der die Freude an seinen Kindern verliert –

Julius. Ich hoffe, Herr Vater, es ist Ihnen bekannt, daß ich an dem Zwiste nicht schuld bin.

Fürst. Diese Freude sollte mir alle Sorgen eurer Erziehung vergelten, aber itzt sehe ich's – ich glaubte, Vergnügen zu säen, und siehe, ich ernte Tränen. – Was soll ich von der Zukunft hoffen – da ihr jetzt schon so handelt, was werdet ihr nicht tun, wenn euch Liebe und Furcht gegen mich nicht mehr zurückhalten! Mit welchen Empfindungen wollt ihr, daß ich sterben soll, wenn ich euch an meinem Todbette sehe? Euch beide soll ich segnen, und jeder von euch hält Fluch über den andern für Segen für sich? – O Julius, o Guido, die ganze Welt läßt diese grauen Haare in Frieden in die Grube fahren – nur ihr nicht, nur ihr nicht – ich bitte euch, lieben Kinder, laßt mich in Ruhe sterben.

Julius. Ich versichre Ihnen bei allem, was heilig ist, ich bin unschuldig – und Sie würden meine Mäßigung bewundern, wenn Sie alle Beleidigungen wüßten, die er mir zugefügt hat. – O Bruder, es zerreißt mir das Herz, daß ich so reden muß.

Guido. Und die Geduld eines Martyrers möchte zerreißen, wenn du von Beleidigungen reden kannst. – Keine Beleidigungen, nur die Wahrheit sollst du mit Mäßigung anhören, wollte Gott, daß du das könntest.

Fürst. Seid ruhig – ich weiß es genau, in welchem Grade ihr beide schuldig seid. – Aber kannst du es leugnen, Guido, daß du heute den Degen gegen Julius' Freund zogest, in einem Streit über deinen Bruder zogest –

Guido. Ich tat es, Herr Vater – aber mein Bruder und nachher Aspermonte hatten meine Ehre so tief und mit so kaltem Blute verwundet – ich wollte, Sie hätten es gehört, mit welcher Kälte sie meine Ehre –

Fürst. Schämst du dich nicht, von Ehre gegen Bruder

und Vater zu reden? Wenn diese Torheit auch die Weisen überschreit, so sollte sie doch wenigstens die Stimme des Bluts nicht übertäuben.

G u i d o. Verzeihen Sie, Herr Vater, meine Ehre ist nichts, wenn sie in Betracht des einen etwas anders ist als in Betracht des zweiten.

F ü r s t. Halt, Guido, ich höre nicht gern Leute deines Temperamentes im Affekt[14] von Grundsätzen reden – im Affekt trefft ihr sowenig als andre das rechte Ziel – und seid denn nachher immer bereit, jedes im Affekt gesprochne Wort mit eurem Blute zu versiegeln. Jetzt nichts mehr davon, ich will zu einer bequemern Zeit davon mit dir reden – wenn du mehr dazu aufgeräumt bist, einmal mit Ruhm aus einem Feldzuge zurückkommst oder sonst eben eine große Handlung getan hast.

G u i d o. Möchten Sie bald diese Gelegenheit finden!

F ü r s t. Ich kann sie finden, wenn du willst, – und du, Julius, kannst mir eine ähnliche geben. Du brüstest dich mit deinem Mute und du mit deiner Philosophie. Eure törichte Liebe zu überwinden, ist eine rühmliche Laufbahn für beide – laßt sehn, wer am ersten beim Ziel ist. Und daß euch itzt noch die Eifersucht entzweit! Sonst glaubte ich, es sei nichts törichter als eure Liebe; aber ich habe mich geirrt, eure itzige Leidenschaft ist noch törichter. Unmöglich kann einer von euch Blancan besitzen – sie ist eine Nonne, für euch tot – ihr könntet mit ebendem Rechte die schöne Helena oder Kleopatra lieben. Eure Liebe ist also nichts – und doch seid ihr eifersüchtig – Eifersucht ohne Liebe – das heißt keinen Wein trinken und Torheiten eines Berauschten begehen – Oder glaubt ihr, der Liebe sei nichts unmöglich? – Versucht es – aber ihr werdet hier alles finden, was den Menschen aufhalten kann – Schwur und Religion, Riegel und Mauern – Überleg' das, Julius, und höre auf zu trauern.

J u l i u s. Ich habe noch nicht einmal so lange getrau'rt als ein Witwer um seine Gattin – und Sie sagen ja,

14. O²: mit kochendem Blut.

Blanca sei tot[15]. Sehen Sie meiner Schwachheit etwas nach, lieber Vater!

F ü r s t. Ich habe ihr nachgesehen – aber wenn ich es länger tue, so wird auch meine Nachsicht selbst Schwachheit. Wache endlich auf und sei das, was du sein sollst. – Du bist kein Mädchen, die Liebe ist nicht deine ganze Bestimmung. Du wirst ein Fürst und mußt dem Vergnügen der Tarentiner dein Vergnügen aufopfern lernen.

J u l i u s. Da verlangen die Tarentiner zuviel.

F ü r s t. Nicht zuviel, mein Sohn – hier ist nichts mehr als ein Tausch. Du gibst ihnen dein Vergnügen und sie dir ihren Ruhm. In einem Jahrhundert bist du, der Fürst, der einzige von allen deinen Tarentinern, den man noch kennt, wie eine Stadt mit der Entfernung verschwindet und bloß noch die Türme hervorragen – und doch war jeder vergeßne Tarentiner ein Teil des Staates, ohne den du kein Fürst sein konntest, jeder arbeitete für dich, trug ein Steinchen zu der Ehrensäule, auf die du zuletzt deinen Namen schreibst.

J u l i u s. Aber Herr Vater, wenn ich nun ein verborgnes Leben so begierig suchte als die Liebe ein dunkles Myrtengebüsch – so tauscht' ich auf die Art Schatten für ein wirkliches Gut ein –

G u i d o. Bruder, du redest wie ein Träumender.

F ü r s t. Julius, Julius, du bist tief gesunken! – Doch ich will mich nicht erzürnen. Ich sehe es, es ist noch zu früh, mit dir vernünftig zu reden – Gründe sind eine stärkende Arznei, und bei dir hat sich die Krankheit noch nicht gebrochen – dir geht es wie den Leuten, die nichts sehen, weil sie zu lange starr auf einen Gegenstand sahen.

J u l i u s. Ich will mich zwingen, Vater, einen Kampf kämpfen, der mir viel kosten wird.

F ü r s t. O Sohn, sollte mein graues Haupt nichts über dich vermögen – meine Runzeln nichts gegen ihre rei-

15. O fügt an: Und sehen Sie, meine Klagen sind ja nicht das Haarausraufen am Sarg, es sind ja nur die Tränen am Grabsteine.

zende Züge, meine Tränen nichts gegen ihr Lächeln – mein Grab nichts gegen ihr Bette?

Julius. O mein Vater!

Fürst. Julius, dies sind nicht die Tränen eines Mädchens – es sind die Tränen eines Vaters – auch um dich vergieße ich sie, Guido, du gehst mit deinem Bruder zu gleichen Teilen; – wie du so sprachlos dastehst! – Ich bitte euch, lieben Kinder, macht mir eine Freude und umarmt euch – sollte es auch nur mit halben Herzen geschehn, ein Schauspiel sein, das ihr an meinem Geburtstage aufführet – ich will mich täuschen – der getäuschte Zuschauer weint ja auch Freudentränen vor dem Schauplatze. *(Sie umarmen sich.)* – Die Wollust habe ich lange nicht gehabt; *(er umarmt sie beide)* ich bitte euch, lieben Kinder, laßt dies graue Haar mit Frieden in die Grube fahren.

DRITTE SZENE

Guido. Julius.

Guido. Julius, kannst du die Tränen eines Vaters ertragen? Ich kann's nicht.

Julius. Ach Bruder, wie könnt' ich!

Guido. Meine ganze Seele ist aus ihrer Fassung, ich möchte mir das Gewühl einer Schlacht wünschen, um wieder zu mir selber zu kommen. – Und das kann eine Träne? Ah, was ist der Mut für ein wunderbares Ding, fast möchte ich sagen, keine Stärke der Seele, bloß Bekanntschaft mit einem Gegenstande – und wenn das ist, ich bitte dich, was hat der Held, den eine Träne außer sich bringt, an innrer Würde für dem Weibe voraus, das vor einer Spinne auffährt!

Julius. Bruder, wie sehr gefällt mir dieser dein Ton!

Guido. Mir nicht, wie kann mir meine Schwäche gefallen! Ich fühle, daß ich nicht Guido bin. Wahrhaftig, ich zittre – o wenn das ist, so werde ich bald auf die rechte Spur kommen – ich habe ein Fieber.

J u l i u s. Seltsam – daß sich ein Mensch schämt, daß sein Temperament stärker ist als seine Grundsätze.

G u i d o. Laß uns nicht weiter davon reden – meine itzige Laune könnte darüber verfliegen, und ich will sie nutzen! Man muß gewisse Entschlüsse in diesem Augenblick ausführen, aus Furcht, sie möchten uns in dem künftigen gereuen. Du weißt es, Bruder, ich liebe Blancan und habe meine Ehre zum Pfande gegeben, daß ich sie besitzen wollte – Aber diese Tränen machen mich wankend.

J u l i u s. Du setzest mich in Erstaunen.

G u i d o. Ich glaube meiner Ehre genuggetan zu haben, wenn sie niemand anders besitzt, wenn sie bleibt, was sie ist – denn wer kann auf den Himmel eifersüchtig sein? Aber du siehst, wenn ich meine Ansprüche aufgebe, so mußt du auch die deinigen, mit alle den Entwürfen, sie jemals in Freiheit zu setzen, aufgeben. – Laß uns das tun und wieder Brüder und Söhne sein! – Wie wird sich unser Vater freuen, wenn er uns beide zu gleicher Zeit am Ziel sieht, wenn wir beide aus dem Kampfe miteinander als Sieger zurückkommen, und keiner überwunden – und noch heute muß das geschehn, heute an seinem Geburtstage!

J u l i u s. Ach Guido –

G u i d o. Eine entscheidende Antwort!

J u l i u s. Ich kann nicht.

G u i d o. Du willst nicht? – so kann ich auch nicht. Aber von nun an bin ich unschuldig an diesen väterlichen Tränen, ich schwöre es, ich bin unschuldig. Auch ich bekäme meinen Anteil davon, sagte er, – siehe, ich wälze ihn hiemit auf dich. Dein ist die ganze Erbschaft von Tränen und Flüchen!

J u l i u s. Du bist ungerecht – glaubst du denn, daß sich eine Leidenschaft so leicht ablegen lasse wie eine Grille, und daß man die Liebe an- und ausziehen könne wie einen Harnisch? Ob ich will – ob ich will – wer liebt, will lieben und weiter nichts – Liebe ist die große Feder in dieser Maschine; und hast du je eine so widersinnig künstliche Maschine gesehn, die selbst ein Rad treibt, um sich zu zerstören, und doch noch eine Maschine bleibet?

Guido. Ungemein fein, ungemein gründlich – aber unser armer Vater wird sterben!

Julius. Wenn das geschieht, so bist du sein Mörder! – Deine Eifersucht wird ihn töten, und hast du nicht eben gesagt, du könntest deine Ansprüche aufgeben, wenn du wolltest – heißt das nicht gestehen, daß du sie nicht liebst, und doch bleibst du halsstarrig? Dein Aufgeben wäre nicht Tugend gewesen, aber dein Beharren ist Laster!

Guido. Bravo! bravo! das war unerwartet.

Julius. Und was meinst du denn –

Guido. Ich will mich erst ausfreuen, daß die Weisheit eben so eine schlanke geschmeidige Nymphe ist als die Gerechtigkeit, ebensogut ihre Fälle für einen guten Freund hat als diese. – Ich könnte meine Ansprüche aufgeben, wenn ich wollte? – Wenn die Ehre will! – Das ist die Feder in meiner Maschine – Du kannst nichts tun, ohne die Liebe zu fragen, ich nichts ohne die Ehre – wir können also beide für uns selbst nichts, das, denke ich, ist doch wohl ein Fall.

Julius. Hat man je so etwas Unbilliges gehört, die erste Triebfeder der menschlichen Natur mit der Grille einiger Toren zu vergleichen!

Guido. Einiger Toren? – du rasest. Ich verachte dich. Wie tief stehst du unter mir. Ich hielt meine Rührung durch Tränen für Schwachheit – aber zu diesem Grade meiner Schwachheit ist deine Tugend noch nicht einmal gestiegen!

Julius. Es ist immer dein Fehler gewesen, über Empfindungen zu urteilen, die du nicht kennst.

Guido. Und dabei immer ums dritte Wort von Tugend zu schwatzen – ich glaube, wenn du nun am Ziel deiner Wünsche bist und deinen Vater auf der Bahre siehst, so wirst du, anstatt nach getaner Arbeit zu rasten, noch die Leichenträger unterrichten, was Tugend sei, oder was sie nicht sei –

Julius. Wie habe ich mich geirrt! Bist du nicht schon wieder in deinem gewöhnlichen Tone?

Guido. Siehe, du hoffest auf seinen Tod; kannst du das leugnen? Glaubst du, daß ich es nicht sehe, daß du alsdann das Mädchen aus dem Kloster entführen willst? – Es ist wahr, alsdann bist du Fürst von Tarent, und ich bin nichts als ein Mann. – Aber dein zartes Gehirnchen könnte zerreißen, wenn du das alles lebhaft dächtest, was ein Mann kann – Gott sei Dank, es gibt Schwerter, und ich habe einen Arm – einen Arm, der noch allenfalls ein Mädchen aus den weichen Armen eines Zärtlings reißen kann – ruhig sollst du sie nicht besitzen, ich will einen Bund mit dem Geiste unsres Vaters machen, der an deinem Bette winseln wird.

Julius. Ich mag sowenig als unser Vater von dir im Affekt hören, was du tun willst. *(Geht ab.)*

VIERTE SZENE

Guido. Gut, wenn du ewigen Krieg willst, so kannst du ihn finden – bleibt doch mein Plan dabei, wie er ist. Ich bin zum Kriege geboren. Nichts wird anders, als daß ich Blancans Namen zum Feldgeschrei nehme. – Aber dein Plan, Julius, wird verändert werden, du wirst mit ihr dein Leben nicht ruhig hintändeln – Die Furcht für deinem Nebenbuhler soll dich immer verfolgen – ich will dir eine Erinnerung in die Seele setzen, die dir stets „Guido“ zurufen soll, heller „Guido“ rufen soll als das Gewissen eines Vatermörders: „Mörder!“ – Jeden Gedanken in dir will ich mit meinem Namen stempeln, und wenn du Blancan siehst, sollst du nicht an sie, sondern an mich denken – Mitten in euren Umarmungen soll plötzlich mein Bild in eurer Seele aufsteigen, und die Küsse werden auf euren Lippen zittern wie Tauben, über denen ein Adler hängt. Des Nachts sollst du im Traume sehen, wie ich sie dir entführe, und so erschrocken auffahren, daß Blanca aus deinen Armen gleiten, erwachen und schreien soll: „Guido!“ *(Ab.)*

FÜNFTE SZENE

Aspermonte *(tritt auf)*. Ich darf ihn diesen Monat keine Minute aus den Augen verlieren – und was ist ein Monat so kurz, um eine zerrüttete Phantasei in Ordnung zu bringen! – und doch konnte ich kaum diese Frist erhalten. – Nur gut, daß ich den Weg weiß, den ich zu gehen habe. Seine Vernunft ist keine unparteiische Richterin mehr; ich muß an sein Herz appellieren.

Julius *(tritt eilig auf)*. Gut, Aspermonte, daß ich Sie treffe. Machen Sie Anstalt, schaffen Sie mir sichre Leute und ein Schiff, eilen Sie, ich gehe heute abend mit Blancan von hier.

Aspermonte. Prinz –

Julius. Ha, Aspermonte, keine Lobreden auf weise Fürsten und löbliche Regenten! – Ich bin sie müde – Sie könnten mir den unsterblichen Ruhm anbieten, der die Unermeßlichkeit zu Schranken und die Sterne zu Gefährten hat – ich gehe mit Blancan – nichts weiter! Mein Bruder hat recht, ich habe geschwatzt, wenn ich hätte handeln sollen.

Aspermonte. Ist der Monat schon wieder verstrichen – und haben Sie keinen Vater mehr?

Julius. Ich habe Ihnen gesagt – Doch ich will meinen Vorsatz, nicht weiter über die Sache zu denken, noch einmal brechen – Wissen Sie denn, ich habe meinen Vater weinen sehn, und diese Tränen haben meinen Entschluß nicht wankend gemacht – Freilich fehlte unendlich wenig daran, aber unendlich wenig ist hier genug – Es ist unnütz, diesen Monat abzuwarten, was kann darin, was kann in meinem Leben meinen Plan wankend machen, da es die Tränen meines Vaters nicht getan haben?

Aspermonte. Das möchte ich so dreist nicht behaupten.

Julius. Hören Sie mich ganz an. Sie sollen nicht über meine einzelnen Gründe, sondern über alle zusammengenommen urteilen. – Guido hat mir eine Aussicht in meine Seele eröffnet, für der mir schaudert – Ich will es Ihnen gestehen – in den Augenblicken, da mich der Gedanke verließ, Blancan heute zu entführen, verschob ich es bloß bis auf den Tod meines Vaters, in eine Zeit, in die meine Gedanken um keinen Schritt weiter vordringen sollten als meine Wünsche. – Gott, ich kann die Idee nicht ausstehen, mein Glück von dem Tode meines Vaters zu erwarten. – Und wenn es mir einfällt – ach, Sie wissen es, ich habe die Saite niemals berührt, daß mein Vater Blancan ins Kloster bringen ließ – Ich muß von hier, ich muß von hier, um meinen Vater zu ehren!

Aspermonte. Ich liebe diese tugendhaften Gründe, aber Sie überzeugen mich nicht.

Julius. Und wenn ich Blancan nicht aus ihrem Kerker reiße, so tut es Guido – er hat es gelobet, und auf sein Wort kann man bauen – Aspermonte, ich zittre vor dèr Vorstellung, diese Säle des Vaters könnten vom Blute der Söhne triefen.

Aspermonte. Unterdessen deucht mir die Gefahr noch nicht so dringend, daß Sie nicht noch einige Zeit abwarten könnten.

Julius. So soll ich es länger ansehen, daß diese Vollkommenheiten im Kloster verwittern, daß jeden Tag der Schmerz neue Anmut und Reiz von ihr wie von einem Baume abschüttelt! Soll sie noch länger über mich seufzen und es aus Edelmut sich verbergen wollen, daß sie es über mich tut! O je leiser diese versteckten Seufzer im Justinenkloster sind, desto lauter schreien sie im Ohre der Rache. – Unmensch, ich sehe es an deiner Kälte, du willst mich verlassen. Was sagte ich doch wahr: die Fürsten haben keine Freunde. – Gut so, ich gehe allein.

Aspermonte. Ich gehe mit Ihnen.

Julius *(umarmt ihn)*. O so zärtlich haben Sie mich nie an Ihr Herz gedrückt – ich fühle es schon, daß ich aufgehört habe, ein Fürst zu sein.

Aspermonte. So will ich jetzt gehn, um unsre Angelegenheiten zu besorgen – Vergessen Sie Ihre Kostbarkeiten nicht, sie müssen Ihren künftigen Unterhalt ausmachen – Aber wohin denken Sie?

Julius. Das überlasse ich Ihnen.

Aspermonte. Ich habe einen Freund in einem entfernten Winkel von Teutschland, der uns gern aufnimmt.

Julius. So sei Deutschland die Freistatt der Liebe – Eilen Sie. Ich will unterdessen auf einem Spazierritte den väterlichen Fluren Lebewohl sagen.

SECHSTE SZENE

Blancas Zelle.

Blanca sitzt vor einem Tische, worauf einige Bücher und anders geistliches Gerät liegen, sie liest in einem Folianten.

Blanca. Ich kann nicht weiter, meine Andacht ist Sünde. Julius! immer um den dritten Gedanken dein Bild! *(Macht das Buch zu und steht auf.)*
Und dieser Wechsel von Metten und Vespern, von Begierden und Reue, das ist es, was sie das Leben nennen – und Jugend, der Frühling des Lebens?
Gott, was gibt meiner Seele Friede – vereinigt diese Empfindungen, von denen eine die andre bekämpft, und diese Gedanken, von denen jeder den andern Lügen straft? *(Pause.)*
Nichts als der Tod, nach Julius mein Lieblingsgedanke. – In den Tagen der Freude dachte ich anders – ich dachte, Tod verändert die Liebe nicht. – Ich habe meine Unsterblichkeit nie so stark als in Julius' Armen gefühlt, ich empfand, meine Liebe ist ewig, also, dachte ich, muß es mein Geist auch sein. – Aber jetzt, da ich ihre Qualen kenne – er wird mein starres Auge nicht zudrücken. – Nein, nein, die Liebe stirbt. *(Sie liest einige Augenblicke, schlägt aber bald das Buch zu.)*
Ach, ich habe ja schon einmal das Entzücken der Andacht gefühlt; sie ist mit der Liebe die erste Empfindung unsrer Natur. Und sind sie nicht verwandt, verschiedne Gesänge auf eine Melodie? – Ich glaubte mich schon so stark und die Erde schon unter meinen Füßen

– Sein Bild, sein Bild! – ich sank ganz zurück und sah mit Erstaunen, daß ich kaum einen Schritt zurücksank – arme Blanca! *(Weint.)*

SIEBENTE SZENE

Abtissin *(tritt auf)*. Guten Abend, Schwester, was machst du?

Blanca. Ich weine.

Abtissin. Übereile dich nicht, du brauchst noch lange Tränen.

Blanca. Noch lange? – Aber sind Tränen nicht wider unser Gelübde?

Abtissin. Ich hoffe es nicht. Nur Taten, nicht Empfindungen kann ja der schwache Sterbliche geloben.

Blanca. Gut, ich bin ein Weib, und bin ich nicht das, was ich sein soll? Ich beneide keine Heilige, gönne ihr ihren Weihrauch, ihren Glanz und ihre Palmen, ihr Bild unter Engeln stehe immer auf Altären, werde in Prozessionen getragen, ihre Wunder mögen Bücher anfüllen; – sei'n Sie versichert, Abtissin, keine von diesen Weibern hat wie ich geliebt. Sonst hätten wir von ihr nur eine Legende: sie starb vor Qualen der Liebe.

Abtissin. Du hast recht, eine Heilige ist bloß eine schöne Verirrung der Natur.

Blanca. Ich darf also weinen – von heute an bin ich weniger unglücklich.

Abtissin. Aber mäßige dich, Kind, man kann sich zerstreuen.

Blanca. Zerstreuen? – Meine Seele ist nicht zum Zerstreuen gemacht, auch als ich noch lebte, hatte ich nur *einen* Gedanken – Was soll mich zerstreuen? Selbst in dem Gedanken, der von ferne Andacht schien, liegt Julius verborgen; und die Betrachtung der Ewigkeit – Ewigkeit ist ja die Dauer der Liebe. Sehen Sie, wie der Mond scheint! Sie denken sich ihn als einen leuchtenden Weltkörper – ich sehe in ihm bloß den Zeugen meines ersten Kusses – ein nicht zu raubendes Andenken meiner Liebe – Sei gegrüßt, lieber Mond!

Abtissin. Auch Ricardo – *(Sie drückt Blancas Hand. Pause.)*

Blanca. Wie lange weint hier ein verliebtes Mädchen, ehe die letzte Hoffnung stirbt, die auf die entfernteste Möglichkeit gebaute Hoffnung?

Abtissin. Ach, die Hoffnung stirbt nie, aber wohl das Mädchen.

Blanca. Haben Sie Beispiele? *(Umarmt die Abtissin.)* Nennen Sie sie mir, noch ehe der Tag anbricht, will ich ihr Grab mit Rosen und Maßlieben und meinen Tränen ehren.

Abtissin. Spare Rosen und Tränen – Bald möchtest du sie für mein Grab brauchen.

Blanca. Nein Abtissin, Ihre Tränen und Rosen für mich! Ich will mit dem Tode einen Bund machen, Martern für mich ersinnen – solche Seufzer sollen diese Mauern nie gehört haben, Augustin soll gestehen, seine Regel sei Weichlichkeit, Heilige, durch mich mit der Liebe versöhnt, sollen für Mitleiden und Martyrer vor Beschämung das Gesicht wegwenden.

Abtissin. Tochter, deine Phantasie wird wild.

Blanca. Rosen und Tränen für mich, die so gebogne Natur wird doch endlich brechen.

Abtissin. Komm, es ist Zeit zur Hora, wir sind ohndem immer die letzten auf dem Chore.

Blanca. Ha, wenn nun die freie Seele zum erstenmal über dem hohen Dom flattert – Jahrhunderte werde ich brauchen, ehe ich wieder Freuden fühlen kann, zumal unendliche Freuden – und, Abtissin, wenn du denn meinem Gebeine das versprochne Opfer bringst, und du hörst ein sanftes Lispeln, so denke, das heißt auf irdisch: Schwester, bald Rosen und Tränen für dich.

Abtissin *(im Herausgehen).* Ach, solche Klagen hörte dies Gewölbe seit Jahrhunderten!

VIERTER AKT

ERSTE SZENE

Im Palast.

Julius. Auf ewig verlassen – auf ewig. Hätte ich es von ferne dieser Empfindung angesehn, daß sie so stark wäre! Aber bisher habe ich nur auf meine Vereinigung mit Blancan und nicht auf Trennung von Vater und Vaterland gedacht.

Einen Vater am Rande des Grabes verlassen – Wie wird er sich ängstigen, ehe er mein Schicksal erfährt, und wenn er's erfährt – ist er glücklicher, wenn er gewisse Betrübnis für ungewisse Angst eintauscht?

Nie dich wiedersehn, Tarent, nie wieder die Sonne hier heller scheinen und die Blumen frischer blühen sehen als an jedem andren Orte!

Und ihr Freuden der Rückkunft, bestes Produkt des mütterlichen Landes, ich werde für euch tot sein – nie das Jubelgeschrei des Schiffvolks hören, wenn es diese väterliche Küste sieht – nie in einer Abendsonne die Türme von Tarent wieder glänzen sehn und mein Pferd schärfer spornen!

Niemals werde ich wieder in diesem Saale alles, was ich liebte, an einem Tische versammlet finden; nie wieder hören, daß mein Vater spricht: Gott segne euch, meine Kinder!

Und alle diese Bande, die ich zum Teil eh'r trug, ehe ich die Welt betrat, zerreiß' ich um eines Weibes willen – um eines sterblichen Weibes willen – nein, nicht für ein sterbliches Weib, für dich, Blanca, du bist mir Vaterland, Vater und Mutter, Bruder und Freund!

ZWEITE SZENE

Julius. Aspermonte.

Julius. Wie steht's, Aspermonte?

Aspermonte. Alle Anstalten sind getroffen, die aufgehende Sonne muß uns schon auf dem Meere finden.

Julius. Und wie ist Ihr Plan?

Aspermonte. Ich habe zwanzig Bewaffnete zusammen, und die denke ich in zwei Haufen zu teilen – mit dem einen fallen wir ins Kloster und versichern uns ihrer Person – der andre soll mit dem Reisegeräte an der Gartentür auf uns warten – ein Schiff liegt bereit, und der Wind ist vortrefflich.

Julius. Aber Sie haben doch auch für Blancas Bequemlichkeit gesorgt?

Aspermonte. Als wenn sie meine Geliebte wäre.

Julius. Ich danke Ihnen – aber, lieber Aspermonte, ich habe es nie so stark gefühlt, was Vaterland sei, als itzt.

Aspermonte. Prinz, noch ist es Zeit – Verlassen Sie Tarent nicht, wenn Sie es ungern verlassen!

Julius. Ich verlasse es wie ein Weiser das Leben, gerne, aber unwillkürliche Schauer regen sich immer – und für die kann er nicht.

Aspermonte. Haben Sie Ihren Spazierritt gemacht?

Julius. Ja, und diese melancholischen Empfindungen sind eben die Frucht davon. Ich habe mir das Bild aller dieser Gegenden tief eingeprägt; es ist so angenehm, in einer weiten Entfernung die väterlichen Fluren in Gedanken zu durchirren – das soll mir Stoff für meine zukünftigen schwärmerischen Abende sein.
Und ich versichre Sie, es ist hier kein Bach, kein Wäldchen, kein Hügel, der mir nicht durch eine kleine Begebenheit aus meiner Kindheit oder Jugend merkwürdig wäre – wirklich nur durch kleine Begebenheiten, deren Andenken aber dem Manne, den sie angehen, schätzbarer sind als eine Weltgeschichte.

Aspermonte. Das Zitronenwäldchen, in dem Sie Blancan zum erstenmal sahen, und in dem Sie so oft träumten, haben Sie vermutlich vergessen?

Julius. Wie sollte ich, Aspermonte, wie sollte ich das? Ich habe darin noch einige unschätzbare Minuten zugebracht, und wenn ich etwas von der Gegend mitnehmen könnte, so sollte es dies Wäldchen sein.
Zuletzt besuchte ich noch die Gruft meiner Väter – ein wahres Bild des Standes der Fürsten, dacht' ich, als ich

die silbernen Särge und die verrotteten Fahnen sahe – bei ihnen ist alles so wie in jedem andren Stande, die Flittern ausgenommen, die sie allem, was sie angeht, anhängen.
Die Hand voll Staub in diesem Sarge, ehmals der große Theodorich, liebte den Schädel in jenem, einst die schöne Agnese – Können sie doch jetzt ruhig schlafen, ohne daß ein Kammerherr im Vorsaale zu zischeln braucht: Pst. Dieser erstickende Dunst ist wie der Dunst aus der Gruft eines Bettlers, und kein Schmeichler kann sagen: er duftet lieblich. Faulet nicht Theodorichs Hund so gut als Theodorich, obgleich auf seinem Grabe kein verrostetes Schwert und Szepter liegt – Hm, dachte ich, ich werde auch schon vermodern, wenn es gleich in keinem Erbbegräbnisse geschieht.

Aspermonte. Ihre Anmerkungen sind richtig, aber es lassen sich bei ebender Gelegenheit auch andre machen, die ebenso richtig sind. Lassen Sie den Stand eines Fürsten seine Flittern haben – ist es dennoch der, für den Ihre große Seele gemacht ist. Sie verachten die Stände nicht, die diese Flittern nicht haben, denn sie sind Nebenwerk. – Gut, in dem Stande, der sie hat, sind sie auch Nebenwerk. Julius, Sie sind bestimmt, die Glückseligkeit vieler Tausenden zu gründen, und Ihr ganzer Zweck soll nun das Vergnügen und der Zeitvertreib eines einzigen Weibes sein.

Julius. Sie erzürnen mich, Aspermonte! – Doch reden Sie, ich bin ja kein Fürst mehr.

Aspermonte. Auch auf die Art will ich es Ihnen zeigen, daß ein Fürst Freunde haben kann. Bedenken Sie noch einmal den Tausch: Vater und Vaterland für ein Weib!

Julius. Ich bin wie ein Standhafter auf der Folter; Ihre Vorstellungen können mich quälen, aber meinen Entschluß nicht besiegen – Sie haben recht, ich opfre ihr Vater und Vaterland auf, aber ist ein minder edles Opfer Blancas würdig? – Wenn ich für sie diese teuren Gegenstände misse, so wird es mir vorkommen, als wenn sie mit ihr zusammenschmölzen – Vater und Vaterland will ich in ihr lieben – Ich bin auf meine eigne Liebe eifersüchtig, nichts soll sie mehr teilen, alles, was meine ganze Natur von Neigungen zu äußern Dingen aufbringen kann, soll ihr gehören.

Aspermonte. Noch eine Vorstellung, Prinz! Wenn Sie bloß das Glück Ihres Volkes nicht machten, so wären Sie zu entschuldigen, aber Sie machen sein Unglück. Ihrem Entschluß zufolge ist Guido sein künftiger Beherrscher.

Julius. Ich reise – vielleicht haben Sie Ihren Entschluß geändert.

Aspermonte. Nein, Prinz, wenn Sie auf dem Ihrigen bestehen, – ich folge.

Julius. Und wo treffen wir uns heut abend?

Aspermonte. Um eilf Uhr und an der Eleonorenkirche. – Kleider zum Unkenntlichmachen schick' ich Ihnen noch vorher zu.

Julius. Noch einen harten Stand hab' ich, den Abschied von meinem Vater. – Bedenken Sie, von ihm auf ewig Abschied zu nehmen, ohne daß er's weiß. Sehen Sie, so sehr bin ich Bürge für die Festigkeit meines Entschlusses, daß ich in Rücksicht auf ihn diese Zusammenkunft nicht scheue – aber sie wird mein ganzes Wesen erschüttern.

Aspermonte. Fassen Sie sich, er kommt; ich kann seinen Anblick nicht ertragen. *(Ab.)*

Julius. Himmel, jetzt und in meiner Todesstunde hilf mir!

DRITTE SZENE

Fürst. Julius (die ganze Szene durch tiefsinnig).

Fürst. Noch immer diese trauernde Miene, Julius? – Hast du denn heute nicht einen fröhlichen Blick zum Geschenke für deinen Vater an seinem Geburtstage? – Doch genug; ich bitte dich um Verzeihung, wenn ich vorhin zu heftig gegen dich geredet habe.

Julius *(sanft; des Alten Hand ergreifend).* Mein Vater –

Fürst. O, mir zerschmilzt das Herz, wenn ich dich nur erblicke. Die Tage der Entwürfe sind bei mir vorbei, und die Zeit der Jugend ist vorüber, wo in einem Wunsche schon tausend andre liegen, wie in einem Samenkorn ein künftiger Wald schlummert. Siehe, hier ist für mich keine Zukunft mehr – Nur dich glücklich und groß zu sehen, das ist mein einziger Wunsch. *(Pause.)*

Julius, nimm mir die reizende Aussicht nicht, daß du einst den Segen meiner Bürger, den ich dir hinterlasse, vergrößert deinem Nachfolger übergibst, und daß den künftigen Fürsten von Tarent bei deinem Namen das Herz für Nacheiferung poche.

Macht dich der Gedanke nicht wonnetrunken, daß durch Nachahmung deiner Taten andre edel handeln; und daß, durch deinen Nachruhm gereizt, deine Kinder berühmt werden, wie ein Feuer andre anzündet, ohne selbst zu verlöschen? *(Pause. Julius steht tiefsinnig; Fürst umarmt ihn.)* Hinweg mit dieser trauernden Miene, Erstling meiner Liebe, der mir mein Weib teurer machte und mir zuerst den Namen Vater entgegenlallte – Mein Erstgeborner, dem ich meinen besten Segen aufhebe!

Julius. O mein Vater, geben Sie mir jetzt diesen Segen.

Fürst *(legt ihm die Hand aufs Haupt)*. Sei weise.

(Julius küsset die Hand mit Wärme und geht ab.)

Fürst. O mein Sohn, warum fleuchst du das Angesicht deines Vaters?

VIERTE SZENE

Der Fürst. Der Erzbischof.

Fürst. Gott! – Doch ich will mich zwingen. Ich habe heute viel getan, viel gelitten und, wie ich denke, einen vergnügten Abend verdient. – Wenn ich ihn nur haben könnte.

(Der Erzbischof tritt auf.)

Fürst. Bruder, ich bin in einer Laune, die sich für einen Geburtstag schickt. Meine Empfindungen sind so melancholisch feierlich. Laß uns eine Flasche zusammen trinken.

Erzbischof. Wie du willt.

Fürst. In dieser Laune zeigt der Wein, er sei ein Geschenk des Himmels. Da knüpft er die beiden besten Zipfel, die Traurigkeit und Freude haben, zusammen. *(Unterdessen bringt ein Bedienter eine Flasche und Gläser.)* He, Thomas, setz dieses Tischchen dem Gemälde vom Anchises[16] und Äneas gegenüber. *(Sie setzen sich.)* Hier, Bruder, habe ich meine vergnügtesten Stunden gehabt. Weißt du noch, wie mich unser Vater unter dem Bilde zum Ritter schlug?

Erzbischof. Als wenn es heute gewesen wäre. Ich bat nachher den Vater auch um ein Schwert, er gab mir aber das Buch, auf das du geschworen hattest, und sagte, das wäre das Schwert eines Geistlichen.

Fürst *(der noch immer das Gemälde betrachtet).* Damals glich ich noch fast dem Askanius; itzt dem Anchises, bald werde ich aufwachen und sagen: Wahrhaftig, mir träumte, ich wäre Fürst von Tarent – *(Er schenkt ein.)* Wenn ich nur nicht mit Schrecken auffahre!

Erzbischof. Aufs Wohl unsres Hauses und unsres Volkes! *(Sie trinken.)* Bruder, verzeih mir, du sorgest zuviel, übersieh denn jetzt das Tagwerk. Am Abend duftet alles, was man gepflanzt hat, am lieblichsten. Was geht dich die Nacht an!

Fürst. Ach meine Söhne!

Erzbischof. Du hast von jeher, von der Zeit an, da du noch dem Askanius glichest, zuviel gesorgt. Und nun sieh dich einmal um, ist dein Leben nicht zu beneiden?

Fürst. Du hast bis jetzt recht!

Erzbischof. Hast du nicht deine Untertanen glücklich gemacht, und das ohne Geräusch, ohne Revolution, durch ein einfaches Leben, in dem fast jeder Tag wie der andre war? Wenige deiner Taten lassen sich malen, aber wenn sich dein ganzes Leben malen ließe!

16. Anchises, nach dem griech. Mythos ein Verwandter des troj. Königsgeschlechts, war der Vater des Äneas; dessen Sohn hieß Ascanius. (Vgl. Vergils *Äneis*.)

Fürst. Mache mich nicht stolz. Ich weiß es am besten, wie meine Werke gegen meine Entwürfe erblassen.

Erzbischof. Freilich liegt höhere Schönheit in unserm Gehirn als in unsern Taten, aber demohngeachtet kannst du zufrieden sein. *(Sie trinken.)*
Glaubst du, daß unser kleines Fest hier das einzige im Lande sei? Jeder Bauer spart seine Henne darauf. Ich weiß, daß, wie einmal bei einem solchen Mahle die Alten so viel von dir schwatzten, ein Kind endlich fragte: Was ist denn das, der Fürst? Seine Mutter wußte ihm bloß zu antworten: das vor viele tausend, was dein Vater für mich und dich ist.

Fürst. Ich danke dem Himmel, der mir ein so kleines Land gab, daß meine Regierungsgeschäfte häusliche Freuden sind. Bruder, glaubst du, daß mir mein innres Haus einmal so viel Freude machen wird als das äußre?

Erzbischof. Ganz gewiß.

Fürst. Nun, ich will heute abend auch recht fröhlich sein. Vergessen, daß ich Vater – Himmel! – Kurz, ich will fröhlich sein.
O wenn ich mein künftiges Fest wieder unter meinen Kindern feiern könnte – und Cäcilia wäre Julius' Weib!
Das Mädchen ist mein Abgott – Bruder, mein bißchen Klugheit kostet mir sechsundsiebzig Jahr, und wenn du einen Tag davon nimmst, so nimmst du mir ein Stück von jener. Und bei diesem achtzehnjährigen Mädchen blühen Weisheit und Schönheit an einem Morgen, Gewächse verschiedner Himmelsstriche auf einem Beete, so nahe, daß ihre Farben ineinanderspielen. Und die Bescheidenheit – diese lieblichen Blumen scheuen den Strahl der Sonne und hauchen im Schatten ihre süßesten Gerüche aus. – Wie muß einem Jüngling, der sie gesehn hat, der Hofweiber ekeln, bei denen Schminke und Witzeln im schändlichen Bunde stehen.

Erzbischof. Bruder, du deklamierst. Bist du Askanius oder Anchises?

Fürst. Wenn nur Julius diese Reize fühlte! – Es ist noch etwas in der Flasche, laß uns das auf ein Motto trinken, das sich für Greise schickt – Auf ein rühmliches Ende!

(Sie trinken.)

FÜNFTE SZENE

Eine Straße; in der Ferne das Justinenkloster.

Guido, ein Bedienter (beide verlarvt).

Guido *(nimmt die Larve ab).* Woher kannst du das behaupten?

Bedienter. Ganz gewiß, gnädiger Herr, sie können noch nicht hier sein, Ihr Herr Bruder ging kaum fünf Minuten vor uns aus dem Palaste.

Guido. O deswegen achtete der Bube auf meine Versicherungen so wenig – Nichts sollte ich bei Blancan sein – nicht einmal ein Nebenbuhler, nicht einmal eine Folie, um seinen Glanz zu erheben! Aber beim Himmel! – Siehe, ist das seine Bande, die dort die Justinengasse heraufzieht?

Bedienter. Ja, gnädiger Herr.

Guido. Laß uns etwas abseits treten – und daß du dich nicht unterstehest, einen Finger zu rühren – Allein will ich sie zerstieben, und keiner soll nachher mein Gesicht sehen, ohne zu erröten, von Julius an bis auf den Knaben, der die Fackel trägt.

SECHSTE SZENE

Julius, Aspermonte mit einigen Bewaffneten (alle verlarvt).

Aspermonte. Hier lassen Sie uns warten. – Einen besseren Abend hätten wir nicht treffen können. Wie schön der Mond scheint.

Julius. Vortrefflich, und ich habe nie die Nachtigall zärtlicher schlagen oder die Grille angenehmer zirpen hören.

Aspermonte. Sie haben auch noch nie Ihr Brautlied gehört.

Julius. Und doch höre ich es etwas bange, eh'r mit dem unruhigen Erwarten einer Braut als dem raschen Entzücken eines Bräutigams.

Aspermonte. Fassen Sie Mut.

Julius. Mein Mut wird schon wiederkommen, wenn nur erst Gefahr und Tumult da wäre.

Aspermonte. Sehen Sie, in der Kirche ist noch Licht, die Nonnen halten die letzte Hora.

Julius. Ach, Blanca hat auch für mich gebetet – Mein Name in Blancas Stimme im Himmel gehört, was für eine Idee!

Einer von den Bewaffneten. Sehen Sie, die Rakete – dort über der Kirchhofsmauer.

Aspermonte. Wo? ja dorten, so ist Philipp mit den andern schon an der Gartentür; eine Pistole, Thomas! – Man möchte die Türen verschließen, wenn man uns so im hellen Haufen anziehen sähe. Ich will allein vorausgehen und mich des Türhüters versichern –

Julius. Tun Sie das.

(Aspermonte geht einige Schritte vorwärts.)

Guido *(der auf ihn mit gezognem Dolch zuspringt).* Halt, so leicht entführt man Guidos Geliebte nicht!

Aspermonte. Ist das die Stimme eines Fürsten oder eines Banditen?

Guido *(reißt sich die Larve ab).* Was? – Bandit?

Julius *(der mit den übrigen näher gekommen).* Sei ruhig, Bruder – Du wirst mich nicht hindern – Marcellus, Ämilius, haltet ihm die Hellebarden vor!

Guido. Mich halten? Guidon von Tarent? *(Er ersticht Julius.)*

Julius *(indem er sinkt).* Blanca!

Aspermonte *(wirft sich auf den Leichnam).* Julius, Julius, ermuntern Sie sich!

Guido. So schwer wird mich der Himmel nicht strafen.

Aspermonte *(schreit dem Leichnam ins Ohr).* Blanca, Blanca! *(Springt auf.)* Da er das nicht hört, wird er nie wieder hören. *(Wirft sich wieder auf den Leichnam.)*

Guido. Erst eben starb er – denn erst eben fuhr der Fluch der Brudermörder durch meine Gebeine! – Seht ihr nicht das Zeichen an meiner Stirne, daß mich niemand töte? Aspermonte, Fluch über mich und dich!

Aspermonte *(dreht sich um).* Behalt deine Flüche für dich, ich will mir selber schon fluchen.

Guido. Nun so werde denn der ungeteilte Fluch über mich ausgegossen, und daß kein Blitz beizusprütze. *(Ab.)*

Aspermonte *(nach einer Pause).* Ach, es war dein Sterbelied. *(Springt auf und nimmt Guidos blutigen Dolch.)* Da, Thomas, bring ihn dem Alten, frag ihn, ob das sein und seines Sohnes Blut sei. Bei allem dem ist er doch ein Greis – doch ich kann mich ja selbst zum Greise machen! *(Zieht den Degen.)* Marcellus, führe mein Pferd vor!

Marcellus. Wohin, gnädiger Herr?

Aspermonte. Die Frage eines Dummkopfs! – nach Ungarn in die Säbel der Ungläubigen.

FÜNFTER AKT

ERSTE SZENE[17]

Die Galerie im Palast – sparsam erleuchtet. Hinten liegt Julius' Leiche auf einem Bette und ist mit einem Tuche bedecket. Ein Tisch mit einigen Lichtern.

Der Fürst. Ein Arzt.

Fürst. Keine Hülfe! Keine Hülfe! Gott! Lieber Doktor, die Natur eines Jünglings ist stark, und meine siebenzigjährige Tugend[18] ist auch stark.

Arzt. Ach gnädiger Herr!

Fürst. Hilft denn nichts? – Nichts im Himmel und auf Erden? Kein Kraut, kein Balsam, nicht das Leben eines alten Mannes, nicht das Blut eines Vaters? – Lie-

17. Im Manuskript steht an dieser Stelle eine andere Szene, die Leisewitz auf einen brieflichen Tadel von Thaer hin offenbar später ausgewechselt hat. Die ursprüngliche Szene ist im Anhang unserer Ausgabe gedruckt.

18. Tugend: in der weiten Bedeutung von ‚virtus' zu verstehen. Der Fürst bietet sein Blut und Leben an.

ber Doktor, jetzt glaub' ich Sympathie und Wunder und alles –

Arzt. Meine Kunst ist am Ende.

Fürst. Ach, was ist es schwer, sein Unglück zu glauben. Noch immer redet eine innre Stimme so helle dawider, die Stimme eines Gewissens, wenn ich sie kenne.

Arzt. Freilich läßt sich die Einbildung nicht so leicht überreden, daß ein Blitz in einem Augenblick die so lang gesehene Ernte dahingenommen –

Fürst. Und den Acker in Fels verwandelt habe; denn ich werde keine Freuden mehr tragen – Gut! ich bin Richter. – Also keine Hülfe, Doktor?

Arzt. Für den Prinzen nicht, aber für Sie – Kommen Sie, gnädiger Herr.

Fürst. Für mich? – Mir können Sie helfen und meinem Sohne nicht? – Gehn Sie. Ihre ganze Kunst ist Lügen – *(Zornig.)* Gehn Sie!

(Arzt ab.)

ZWEITE SZENE

Fürst. Hätt' ich's doch nicht gedacht, daß in der bißchen Neige meines Lebens noch etwas Bittrers wäre als Tod! *(Er deckt Julius' Gesicht auf.)* Mein Sohn! Mein Sohn! –

So lange war ich Vater und mußte erst kinderlos werden, um zu wissen, was ein Vater sei! – Da liegen nun meine angenehme Entwürfe – In deinen Kindern dacht' ich noch lange zu leben, das süße väterliche Band, dacht' ich, wird immer eine Generation mit der andern und mich mit einer späten Nachwelt verbinden – Ja Nachwelt – kinderlos, unbeweinet werde ich sterben. Ein Fremder drückt mir gleichgültig die Augen zu, spricht höchstens: Gott sei seiner armen Seele gnädig, und legt sich ruhig schlafen. – Wer wird mich beklagen – hält es der Höfling der Mühe wert, um den letzten eines Hauses unbeobachtet zu weinen? Und wenn ich vorher Klagen mietete und Seufzer bezahlte – so würden sie mir nicht Wort halten.

Schändlich, schändlich bist du gefallen! *(Er gibt dem Leichname die Hand und schüttelt sie.)* Aber ich verspreche dir Rache – Was lächelst du, Leichnam? fürchte nichts von der väterlichen Liebe – dein Mörder ist mein Sohn nicht, mein Weib war eine Ehebrecherin und sein Vater ein Bube – Was ist deine Hand so kalt – aber ebenso kalt will ich ihn dir opfern – daß sein kochendes Blut auf meiner Hand wie auf Eis zischen soll.
– Alter, ist das der Ton eines Richters? – ich muß mich noch mehr abkühlen – Noch einen Gang unter die Ulmen. *(Ab.)*

DRITTE SZENE

Blanca *(mit aufgelöstem Haar läuft herein).* Wohin, wohin haben sie dich getragen! *(Deckt das Tuch ab und wirft sich über den Leichnam.)* Julius, Julius – ach, er ist wahrhaftig tot.
Zeter über mir, ich bin sein Mörder! *(Pause.)* Julius, Julius – ach könnt' ich nur meinen Schmerz in einen Schrei zusammenpressen, er müßte, er müßte erwachen. – Warum bin ich geboren, warum bin ich geboren! O würde doch alles, was da ist, vernichtet! – *(Wirft sich wieder über den Leichnam; Pause, etwas gemäßigt.)* Julius, Julius, wenneh'r gibst du mir meinen Rosenkranz wieder zum besten Hochzeitsgeschmeide? aber auch ich, auch ich will ein Zeichen deines jetzigen Standes. *(Zieht ein Messer hervor, faßt eine von Julius' Locken, um sie abzuschneiden, fällt aber von neuem auf den Leichnam.)* Deine Mörderin, deine Mörderin! *(Pause.)* Fasse Mut, Blanca! Du hast den Kelch des Leidens schon ganz ausgeleert, was du jetzt schmeckst, ist sein Hefen – Verzweiflung! *(Schneidet die Locke ab und wickelt sie um den Finger.)* Das ist der Trauring, den ich meinem Kummer geben will, mich nicht von ihm zu scheiden, es sei denn, daß uns der Tod scheide – ist das Strafe genug für eine Mörderin? – O ich will tun, was ich kann – Hier leg' ich dir das Gelübde eines beständigen Leidens ab *(küßt ihn),* hier hast du alle meine Freuden *(küßt ihn),* hier

hast du mein ganzes Glück. – Nimm sie, Julius! – Seine Mörderin, seine Mörderin! – Umsonst lass' ich die Spitze des Gedankens auf meine Seele fallen, der Tod versteht den Wink nicht.

VIERTE SZENE

Blanca. Cäcilia.

Cäcilia. Du hier, Blanca –

Blanca. Laß mich, laß mich! bist du gekommen, mir meinen Schmerz zu rauben – Wahrhaftig nicht – Wahrhaftig nicht – Itzt ist er mein Liebstes; – itzt hat er keinen Nebenbuhler mehr –

Cäcilia. Ich bin nicht gekommen, dich zu trösten – ich bin ja kein Bote des Himmels.

Blanca *(sieht die Leiche tiefsinnig an, sanft)*. Seine Mörderin, seine Mörderin!

Cäcilia. Ich bitte dich, Blanca, bedenke, was Verzweifelung ist, komm mit mir – laß deinen Schmerz Schmerz bleiben – ich – ich kann den Anblick des Leichnams nicht aushalten.

Blanca *(die immer den Leichnam starr ansieht, mit ruhiger Stimme)*. O daß der Mensch so über die Erde hingeht, ohne eine Spur hinter sich zu lassen, wie das Lächeln über das Gesicht oder der Gesang des Vogels durch den Wald.

Cäcilia. Armes, unglückliches Geschöpf –

Blanca. Siehe, da liegt er im Schoße der Erde – Sonne und Mond halten über ihn den ewigen Zirkeltanz, öffnen und schließen das fruchtbare Jahr; und er weiß es nicht. Das Herz, das mich liebte, wird Staub, zu nichts mehr fähig, als vom Regen durchnässet und von der Sonne getrocknet zu werden –

Cäcilia. Der ganze Julius ist nicht tot.

Blanca. Kennst du die Haarlocke?

Cäcilia. Es scheint Julius' Locke zu sein – aber ich bitte dich, warum rollst du die Augen so wild?

Blanca *(in einem muntern Tone)*. Wer du auch bist, liebes Mädchen, freue dich mit mir. Heute, heute ist endlich der Tag meiner Verbindung – o was sind mir meine vorigen Qualen so lieb!

Cäcilia. Hilf, gütiger Himmel, sie hat den Verstand verloren.

Blanca. Aber siehe, es ist schon Mitternacht, alles wartet, und Julius kömmt nicht – Ich bitte dich, warum werden die Hochzeitsgäste so blaß? Siehe, das Schrecken sträubt mir das Haar empor, daß mir seine Spitzen den Brautkranz herabstoßen – Ich unglückliche Braut, da bringen sie Julius' Leiche. *(Zeigt auf den Leichnam.)*

Cäcilia *(ängstlich)*. Kennst du mich nicht, Blanca? – Wenn sie der Alte hier fände! komm mit mir, Blanca!

Blanca. Merke auf meine Worte, Mädchen, denn ich rede Wahrheit; das Menschengeschlecht wird nimmermehr aussterben, aber unter Tausenden kennt kaum einer die Liebe.

Cäcilia. O ich dachte es, daß ihre Ruhe betrüge. Liebe –

Blanca. Hülfe, Hülfe – das Ungeheuer, das alle Augenblick seine Gestalten wandelt, verschlingt mich! In was für schreckliche Formen es seine Muskeln wirbelt – ein Leopard – Tiger – Bär – *(schreiend)* Guido!

Cäcilia. Ich bitte dich, Kind, geh mit mir.

Blanca *(die in Cäciliens Arme sinkt)*. Liebe Cäcilia, es ist ein großes Unglück, seinen Verstand zu verlieren.

Cäcilia. Gott sei Dank – ich hoffe, der Zufall soll bloß die Wirkung des ersten Schreckens, ohne folgende sein. Aber ich bitte dich, komm mit mir.

Blanca. Ach, ich habe mein Gelübde des ewigen Leidens gebrochen! Da erscheint mir Julius, der Engel mit der Schale des Zorns, deren Dunst schon Tod ist – ach, ich habe mein Gelübde des ewigen Leidens gebrochen! Gieß die Schale aus! Julius, es ist eins, Vernichtung oder ewige Qual, laß keine deiner lindernden Tränen hineinfallen, um sie zu mildern –

Eine Nonne *(tritt auf und geht auf Blancan zu)*. Bist du hier, Blanca, wir haben dich alle gesucht.

Cäcilia. Ach, die Unglückliche ist verrückt – aber warum ließt ihr sie auch aus dem Kloster?

N o n n e. Verrückt – verrückt –

C ä c i l i a *(zornig).* Aber warum ließt ihr sie aus dem Kloster?

N o n n e. Wahrhaftig, wir sind unschuldig – sie erfuhr es gleich und wollte zu ihm, wir hielten sie ab, und da hat sie einige Stunden in wütendem Schmerze zugebracht – Gott, ich möchte das nicht noch einmal sehn! – auf einmal ward sie außerordentlich ruhig, wir brachten sie in ihre Zelle, und so ist sie uns entsprungen.

B l a n c a. Julius, diese Erschütterungen sind unnatürlich. Ich seh' es, ich seh' es, das Ende der Tage ist gekommen, die Schöpfung seufzet den lebendigen Odem wieder aus, und alles, was da ist, gerinnet wieder zu Elementen – Sieh, der Himmel rollet sich angstvoll wie ein Buch zusammen, und sein schüchternes Heer entflieht – im Mittelpunkt der ausgebrannten Sonne steckt die Nacht die schwarze Fahne auf – und – Julius, Julius, umarme mich, daß wir miteinander vergehen!

C ä c i l i a. O Gott – beste, beste Blanca, laß uns gehen!

B l a n c a *(indem sie nahe an die Leiche tritt).* Siehe, wie ruhig er schläft, der schöne Schäfer. Laß uns einen Kranz winden und ihn dem Schlafenden aufs Haupt setzen, daß er, wenn er erwacht, unter den Schäferinnen eine sucht, die vor ihm errötet. *(Leise.)* Aber ich werde zu laut. Pst! Pst! daß der schöne Schäfer nicht erwache. *(Geht schleichend mit Cäcilia und der Nonne ab.)*

FÜNFTE SZENE

Fürst. Erzbischof.

(Der Fürst drängt sich herein, – der Erzbischof will ihn daran verhindern.)

F ü r s t. Laß mich! laß mich!

E r z b i s c h o f. Nein Bruder, du darfst nicht in den Saal, dein Schmerz ist zu groß.

F ü r s t. Stelle mich für ein Gericht von Vätern, und ich will meinen Schmerz verantworten, – aber nicht gegen einen Priester. Was väterliche Liebe ist, versteht niemand als ein Vater. Bruder, schwatze von Büchern und Kirchen.

Erzbischof. Ich darf, ich darf dich nicht lassen.

Fürst. Was? hier ist Tarent, und ich bin Fürst von Tarent – Und was brauche ich mich darauf zu berufen. Ist es ein Majestätsrecht, sein Haar am Sarge seines Sohnes auszuraufen? – das kann ja jeder Bettler.

Erzbischof. Ich kenne dein Herz und schaudre für dem, was es itzt leidet.

Fürst. Nicht doch – mein Schmerz ist ja so ruhig; und hier bin ich am allerruhigsten, ich sehe hier an seinem Leichnam sein ruhiges Lächeln; aber abwesend erscheint er und fodert mit fürchterlichen Gebärden Blancan und sein Leben von mir.

Erzbischof. Gut, Bruder, ich will dich noch eine halbe Stunde allein lassen – aber denn gehst du auch mit, versprich mir das.

Fürst. Ich verspreche es dir. *(Erzbischof ab.)* Jetzt bin ich so, als ich sein soll. – He, Thomas! *(Ein Bedienter kommt.)* Hast du den Pater geholt?

Bedienter. Ja, er ist im Vorzimmer.

Fürst. Laß ihn ins Nebenzimmer treten und ruf Guidon. – *(Bedienter geht ab.)* – Kalt, kalt meine Seele, daß der Vater dem Richter nicht ins Amt greife, das ist billig, ich will ja dieses nur einen Augenblick sein und jenes mein ganzes Leben. *(Er nimmt unter dem Tuche zu Julius' Füßen Guidos blutigen Dolch heraus und macht damit die Pantomime, als wenn er auf jemand zustieße.)* Gut – Gut – die alten Sehnen sind stärker, als ich dachte – *(Er legt den Dolch wieder weg.)*

SECHSTE SZENE

Fürst. Guido.

Guido. Hier bin ich, Vater – ich hasse das Leben, und ich werde mich an Sie halten, Sie haben es mir gegeben. Verbessern Sie nun, was Sie verdorben haben.

Fürst. Still – Tritt näher! *(Indem er Julius' Gesicht aufdeckt.)* Kennst du den Leichnam?

G u i d o. Den Tod, Vater!
F ü r s t. Kennst du den Leichnam?
G u i d o. Ach, ich kenne ihn.
F ü r s t *(indem er Guidos Dolch zu Julius' Füßen aufdeckt).* Kennst du den auch?
G u i d o. Nur halb *(indem er darnach greift),* aber ich werde ihn ganz kennen lernen.
F ü r s t *(hält ihn ab).* Häufe nicht Sünde auf Sünde – Verflucht sei die Stunde, in der ich mein Weib zum erstenmal sah – Verflucht jeder Tropfen, den die Hochzeitsgäste tranken, jeder Reihen, den sie tanzten, verflucht mein hochzeitliches Bette und seine Freuden!
G u i d o. Fluchen Sie nicht auf Ihr Leben! Ihren Namen wird die Nachwelt mit Ruhm nennen, aber wenn sie meinen kennt, so hat sie ihn an einer Schandsäule gelesen – den Tod, Vater!
F ü r s t. Guido, Guido, dachte ich es, du werdest mir zwei Söhne rauben, als die Hebamme zu mir sprach: Herr, Ihnen ist ein Sohn geboren, und dich zum ersten Male auf meine Hände legte? Ach Guido, Guido!
G u i d o. Den Tod, Vater! Ach, man hat mich auf ewig aus dem Tempel des Ruhms ausgeschlossen, und ich werde es wohl gar aus den Wohnungen der Seligen – Nur ein strafender Tod kann meine Verbrechen tilgen – das Brandmark der Sünde an meiner Stirne auslöschen. Den Tod, Vater!
F ü r s t. Daß ich keinen Vater mehr habe! – Armer alter Mann. Liegt doch genau so viel Unglück auf mir, als mein Gehirn tragen kann; gütiger Himmel, gib nur noch ein Quentin Unglück mehr, als es trägt. Dann sehe ich in der Phantasie meine einträchtigen Kinder immer neben mir – Wer über ein Unglück verrückt ist, sieht ja immer das entgegengesetzte Glück – aber ich bin so ausgezeichnet unglücklich, daß das vielleicht nicht einmal bei mir einträfe. Und soll ich doch noch hier eine angenehme Stunde haben, so muß es ja in der Raserei sein. Nicht wahr, Guido?
G u i d o *(kalt).* Es gibt mehr Dolche, auch Feuer und Wasser, Berge und Abgründe. *(Will abgehen.)*
F ü r s t. Du sollst sterben – als der Vater meiner Unter-

tanen darf ich es nicht leiden, daß unschuldiges Blut auf dem Lande klebe und Krieg und Pest und alle Landplagen herbeirufe. – Von meinen Händen, als ein Fürst, sollst du sterben.
Aber daß das nicht unbereitet geschehe, wartet im Nebenzimmer ein Pater auf dich.

G u i d o. Ich bin augenblicklich wieder hier. *(Geht ab.)*

SIEBENTE SZENE

F ü r s t. Wahrhaftig, es wird Tag – ich dachte, es würde nie wieder helle. – *(Er nimmt den Dolch.)* Guidon strafe ich – und wer ließ Blanca ins Kloster bringen? – *(Besieht die Spitze des Dolches.)* Ha, ich bin lüstern nach dir – wenn du so gut Wesen zerschneiden könntest als das Band zwischen zwei Wesen – Aber wer ist mir Bürge, daß in ewigen Strafen nicht diese Geschichte millionenmal wiederkomme? *(Steckt den Dolch in die Tasche.)* Geh, Spielzeug, du bist um kein Haar besser als jeder andre Trost der Erde!
Selbstmord ist Sünde – aber wir werden dich ohne Selbstmord quälen, Constantin – wir werden dich quälen.
Selbst meinen Hang zur Traurigkeit möchte ich hassen können – Hang, das ist ja Vergnügen – Was das Vergnügen hinterlistig ist! Aber das eine, denke ich, soll die andern schon verscheuchen – immer will ich diese Geschichte sehn – sie malen – oft malen lassen, auf ein Gemälde soll der erste und auf das andre der letzte Strahl der Sonne fallen. – Mit dem Namen Julius sollen sie mich einen Tag wecken und mit dem Namen Guido den andern – ein Lied will ich aus dem ganzen Jammer machen, und das soll mir Blanca um Mitternacht singen.

ACHTE SZENE

Fürst. Guido.

F ü r s t. So geschwind, Guido – hat dir der Himmel vergeben?

G u i d o. Ich hoffe es.

F ü r s t *(ihn umarmend).* Ich vergebe dir auch. Bring Julius diesen Kuß des Friedens.

G u i d o *(stürzt sich auf den Leichnam).* Erst itzt mag ich mich dir nähern – Verweile, verweile, Märtyrer, wenn du noch nicht in den Wohnungen der Seligen bist, verbirg mich Sünder in deinem Glanze, daß ich mit hineindringe!

F ü r s t. Noch einmal umarme mich, mein Sohn. *(Umarmt ihn mit dem einen Arm und durchsticht ihn mit der andren Hand.)* Mein Sohn! Mein Sohn!

G u i d o *(fällt über den Leichnam und ergreift dessen Hand).* Versöhnung, mein Bruder! *(Gibt die andre Hand sprachlos seinem Vater.)*

F ü r s t *(fällt über die Toten, liegt einige Zeit auf denselben und geht nachher verzweifelnd auf und ab).* Ja! Ja! ich lebe noch! *(Geht wieder auf und ab.)*

NEUNTE SZENE

Fürst. Erzbischof.

E r z b i s c h o f. Bruder, was hast du gemacht?

F ü r s t. Mein oberrichterliches Amt zum letzten Male verwaltet. Itzt gib den Kartäusern Befehl, daß sie mich bei sich aufnehmen, übernimm so lange die Regierung und laß dem Könige von Neapel wissen, daß er mein Fürstentum in Besitz nehme.

E r z b i s c h o f. Bedenke dein Alter, und was ein Kartäuser ist.

F ü r s t. Mein Haus ist gefallen, die jungen Orangenbäume mit Blüte und Frucht sind umgehauen, es wäre ein schändlicher Anblick, wenn ich alter verdorrter Stamm allein da stände.

Auch hat mich der Schmerz schon zum Kartäuser geweihet. *Memento mori.*

Erzbischof. Ich beschwöre dich! Bedenke, was du deinem Lande schuldig bist, und die harte neapolitanische Regierung!

Fürst. *Memento mori.*

Erzbischof *(umarmt ihn).* Bruder, Bruder!

ANHANG

URSPRÜNGLICHE ERSTE SZENE DES FÜNFTEN AKTES

Die Galerie im Palast – sparsam erleuchtet. Hinten liegt Julius' Leiche auf einem Bette und ist mit einem Tuche bedecket. Ein Tisch mit einigen Lichtern.

Zwei Soldaten halten bei der Leiche Wache.

1\. Soldat. Was schlug's da?

2\. Soldat. Zwölf – Hör Timotheus, ich bin ein Mann; das Zeugnis muß mir jeder im Geschwader geben, der die Feldzüge in Cypern gegen die Ungläubigen mitgemacht hat; aber – es ist mir hier doch so besonders zu Mute.

1\. Soldat. Es ist auch eine erschreckliche Tat, ein Bruder den andern. Und es wäre in der fürstlichen Familie nichts Neues, wenn man etwas vom Umgehen hörte. Hast du dir von dem Vater des itzigen Herrn erzählen lassen?

2\. Soldat. Es muß ein schrecklicher Tyrann gewesen sein. Seinen Kanzler hat er ja spießen und drei Hofleute unter der kleinen Schloßtreppe einmauern lassen.

1\. Soldat. Nun hör – Drei Tage nach seinem Ende steht ein alter Soldat, der es meinem Vater nachher sagte, am Schloßgarten dem Ulmengange gegenüber auf der Wacht. Um Mitternacht hörte er so ein ungewöhnliches Sausen der Blätter und roch einen Pulverdampf. Kurz darauf sah er den verstorbnen Fürsten unter einer Menge höllischer Geister. Sein Leib brannte in einer grün-blauen Flamme, nur daß er blutrote Augen hatte. Er winselte entsetzlich nach einem Trunke. Die Geister gaben ihm auch einen Becher mit rauchendem Menschenblute, das er mit vielem Widerwillen trank. Nachher ging der Becher auch unter den Geistern auf die Gesundheit vieler damals lebender Potentaten und hoher Häupter herum. Am Morgen flog eine Menge Fledermäuse und Eulen aus den Ulmen, und die Blätter schienen noch blutrot, als die Sonne aufging. Einige Tage – –

2. Soldat. Mir deucht, eben bewegte sich das Tuch.

1. Soldat. Du fürchtest dich doch nicht?

2. Soldat. Nicht doch; ich bin ja in meinem Berufe.

1. Soldat. Heute nacht hatte ich den Posten im Ulmengange. Unser Fürst ging über eine Stunde darin auf und nieder, er hat mir recht gedauert.

2. Soldat. Was machte er denn?

1. Soldat. Zuweilen ging er ganz langsam, das Gesicht in einem Tuche verhüllt, dann tat er auf einmal das Tuch weg, setzte die eine Hand in die Seite und eilte mit stolzen, trotzigen Schritten. Oft sah er aus wie ein Besiegter, der um Quartier bittet, oft wie ein Sieger, der keines geben will, wie ich das so in Schlachten bemerkt habe. Zuweilen griff er auch nach dem Degen, ob er gleich keinen anhatte.

2. Soldat. Er dauert mich, er ist ein vortrefflicher Herr.

1. Soldat. Das ist er wahrhaftig. Gott erhalte ihn!

2. Soldat. St, da kommt er.

DIE QUELLE

„Joannem Cardinalem et Garsiam filios secum duxerat, quorum, ille maior natu vix XVI annum supergressus fuerat. Inter eos ex puerili aemulatione atrocia odia diu nutrita tandem in exitium utrique verterunt. Inter venandum cum seorsim a sociis per deuia alter in alterum incurrisset et se in vicem pulsassent, Garsias Joannem occupat, et vt erat truculenta et ad omne facinus parata natura, acinace cominus transuerberat, statimque ad suos nihil fere turbato vultu redit. Venatione peracta cum Joannes non compareret, iam inclinata die domestici ad eum vestigandum per siluam discurrunt, et equum sessore vacuum nacti, per eius vestigia ad cadauer deducuntur, quod inter vepreta iacebat. Inde re ad Cosmum, qui Grosseti erat, per fidos perlata, ille suspicatus quod erat, quamuis ingenti dolore discruciaretur, dissimulato eo rem tegi imperat, et cadauer multa nocte in urbem inferri et in conclaui aedibus suis proximo collocari, euulgato filium acuta febre, quam dolores vehementes comitati sint, inter venandum correptum vix loco, in quo eum morbus repentinus oppresserat, exportari potuisse. Tum semotis arbitris ad conclaue venit, et seuocatum Garsiam ac de fratre interrogatum, cum vultus contumaci audacia ille factum pernegaret, ad cadauer accedere iubet, eoque renudato, et cruore ad percussoris conspectum mox ebulliente. En, inquit, sanguis fratris tui qui vltionem a Deo atque etiam a me deposcit; me miserum, qui taleis filios genuerim, aut ijs superstes fuerim, quorum vnum immani parricidio necatum hisce oculis aspicere cogor; alterum, ni impius et iniquus iuris inter meos dispensator sim, e medio tollere, ipsa pietate suggerente, compellor; scelus est patri filium interficere, sed maius scelus admittam, si eum viuere diutius patiar, qui per fratris perniciem ad patris necem et familiam totam caede ac ferro euertendam gradum fecit. Tum fatente crimen Garsia, et rixae principium dedisse Joannem affirmante, ita vt nisi peste fratris salutem propriam expedire non licuerit, Cosmus, qui mite Joannis ingenium nosset, pugionem, quo ille fratrem confoderat, et adhuc cinctus eo venerat, supplici eripit, nudumque stringens, Hodie pestem domesticam, ne latius exemplo serpat, e visceribus meis auellere decreui, et quanquam dulcissimi filii caedem non nisi alterius filii moribus disparis caede expiare possim, malo me posteritas infelicem ac durum patrem praedicet, quam imprudentiae et iniquitatis arguat. Tu vero gaude, quod vitam qua indignus es, cum amittere debeas, in patris manibus a quo eam accepisti, depositurus sis. Quo dicto Deum comprecatus vt factum comprobaret et sonti filio gratiam delicti faceret, eum eodem pugione, quo fratrem confecerat, iuxta Joannis cadauer interfecit. Calamitatem hanc paucis ac fidis tantum cognitam, ne sibi ac vniuersae familiae nuper in Imperio fundatae noceret, silentio praeteriri voluit prudentissimus parens ac princeps, morte filiorum tunc suppressa, et mox fama sparsa, ex populari morbo alterum post alterum extinctos: famam eam adiuuit caeli intemperies, qua plerique ea aestate ex contagiosis morbis periere. Exequiae deinde vtrique Florentiae magna pompa celebratae, et Garsias in primis oratione publica laudatus, quo magis res tegeretur. Nec multo post Helionora Toletana tot liberorum parens siue ex naturali stomachi infirmitate, qua iam a longo tempore laborabat, siue ob domesticam iacturam contracto fatis concessit."

(Aus dem 32. Buch der *Historien* de Thous, zitiert nach: Frankfurter vermehrte Ausgabe von 1635, Bd 1, S. 643. Wiedergabe bei: Spycher, Peter: *Die Entstehungs- und Textgeschichte von J. A. Leisewitz' Julius von Tarent*, Diss. Zürich 1951, S. 83.)

ZUM TEXT

Zur Ostermesse 1776 erschien bei Weygand in Leipzig *Julius von Tarent* anonym und, wie Leisewitz behauptet, gegen seinen Willen. Noch im gleichen Jahr wurde das Trauerspiel mehrfach gedruckt, ohne daß der geschäftstüchtige Verlag die einzelnen Drucke und Auflagen gekennzeichnet hätte. Da die Ausgaben vor allem in der Wortstellung, in Zeichensetzung und Lautstand differieren und die Abschrift, die Leisewitz nach Hamburg geschickt hatte, verschollen ist, edierte Richard Maria Werner das Braunschweigische Originalmanuskript zusammen mit den Abweichungen der ihm bekannten Drucke (in: *Deutsche Litteraturdenkmale des 18. und 19. Jahrhunderts,* hg. von Bernhard Seuffert, Bd 32, Stuttgart 1889). Dieses Originalmanuskript hatte Leisewitz einem Schreiber überlassen, der die Zeichensetzung in seiner Abschrift eigenmächtig vornahm. Um philologische Genauigkeit unbesorgt, gab Leisewitz die Kopie nach einer flüchtigen Revision an Voß in Hamburg weiter. In der Einleitung zu seiner mustergültigen Edition läßt Werner einen Blick in die Werkstatt des Dichters tun. Er erläutert seine Ansicht, daß die Differenz zwischen Handschrift und Erstdrucken zu Lasten des Kopisten gehe. Peter Spycher wandte sich in seiner Zürcher Dissertation (*Die Entstehungs- und Textgeschichte von J. A. Leisewitz' Julius von Tarent,* 1951, bes. S. 71–75) gegen die Bevorzugung des Originalmanuskripts, da er annimmt, daß zwischen der handschriftlichen Fassung und den Erstdrucken ein voller Arbeitsgang Leisewitz' liege, wie Änderungen beweisen, die der Dichter auf Wunsch seines Freundes Thaer durchgeführt hat.

Die hier vorgelegte Ausgabe beruht auf Werners Edition des Originalmanuskripts, schließt sich aber den aufgrund von Thaers Einspruch vorgenommenen Abweichungen der Erstdrucke (in II 1 und besonders in V 1) an. Die Orthographie wurde behutsam modernisiert (Pallast 〉 Palast, spatzieren 〉 spazieren, siebende 〉 siebente), der Lautstand gewahrt (Abtissin, funfzehn) und grammatische Eigenheiten beibehalten (mir deucht; alter Akk.: Blancan; laß dem Könige ... wissen), auch wenn sie gegen gültige Regeln verstoßen. Offensichtliche Schreibfehler (Verwechslung von daß und das) wurden stillschweigend berichtigt. Um die Atmosphäre des Manuskripts nicht zu verwischen, wurden viele Inkonsequenzen in Kauf genommen (Martyrer und Märtyrer, Othem und Odem). Innerhalb eines einzigen Satzes kommen z. B. itzt und ietzt, jezt, itz und jetzt, Deutschland und Teutschland vor; bunter Wechsel herrscht zwischen für und vor; Elisionszeichen, Endungs-e und Szenenanmerkungen sind willkürlich gesetzt.

Die eigentliche Schwierigkeit bei der Edition dieses Dramas liegt in der Interpunktion. Leisewitz folgt ohne einen Anflug von Einheitlichkeit einer eigenwilligen psychographischen Zeichensetzung: Punkte, Kommata, Ausrufe- und Fragezeichen verwendet er nur ausnahmsweise; seine Perioden gliedert er – oft völlig unübersichtlich – durch den überreichen Gebrauch von Gedankenstrichen. Da ein lesbarer Text hier gegeben werden sollte, verbot sich ein zeichengetreuer Abdruck des Manuskripts. Einen Mittelweg zwischen Leisewitz' krauser Zeichengebung und dem von Werner mit O^2 benannten ‚modernen' Abdruck, der durch eine Unzahl von Ausrufezeichen den Text dynamisiert und durch viele Fragezeichen die Ambivalenz des Gedankenstrichs aufhebt, bietet die Ausgabe O des Jahres 1776. Die Interpunktion des Manuskripts (mit seiner die Gefühlsbewegungen abbildenden Gedankenstrichmanie) wurde so oft wie möglich, die der Ausgabe O so oft wie nötig übernommen. Eine befriedigende Einheitlichkeit war nicht zu erreichen, da auch O nicht nur bei der Zeichensetzung nach Interjektionen inkonsequent verfährt.

Die vorliegende Edition des *Julius von Tarent* ist Richard Maria Werner und Karl Freye verpflichtet, der Werner im ersten Band seiner Sturm-und-Drang-Ausgabe (in ‚Bongs Klassikern') selbständig folgte. Verglichen wurde sie mit August Sauers Edition (Stürmer und Dränger I, Deutsche National-Litteratur, 79. Bd), die schon 1883 in Anlehnung an O^2 erschien. Von der Redaktion in Erich Löwenthals und Lambert Schneiders Ausgabe der dramatischen Schriften des Sturm und Drangs (o. J. 1949) unterscheidet sich der vorliegende Text durch den engeren Anschluß an Leisewitz' Manuskript.

LITERATURHINWEISE

Karthaus, Ulrich: Johann Anton Leisewitz: *Julius von Tarent*. In: Dramen des Sturm und Drang. Interpretationen. Stuttgart 1987. S. 99–127.

Kirby, Margaret: *Julius von Tarent* and the theme of fraternal strife in the »Sturm und Drang«. In: Forum for Modern Language Studies 19 (1983) S. 348–363.

Kolb, Ines: Herrscheramt und Affektkontrolle. Johann Anton Leisewitz' *Julius von Tarent* im Kontext von Staats- und Moralphilosophie der Aufklärung. (Diss. München 1982.) Frankfurt a. M. / Bern [u. a.] 1983.

Kühlborn, Walther: J. A. Leisewitzens *Julius von Tarent*. Halle (Saale) 1912.

Kutschera von Aichbergen, Gregor: Johann Anton Leisewitz. Hrsg. von Karl Tomaschek. Wien 1876.

Laudin, Gérard: L'œuvre de Johann Anton Leisewitz jusqu'en 1782. Bern/Berlin [u. a.] 1991.

Martini, Fritz: Die Feindlichen Brüder. Zum Problem des gesellschaftskritischen Dramas von J. A. Leisewitz, F. M. Klinger und F. Schiller. In: Jahrbuch der Deutschen Schillergesellschaft 16 (1972) S. 208–265.

Mattenklott, Gert: Melancholie in der Dramatik des Sturm und Drang. Stuttgart 1968. [Bes. S. 86–121.]

Sidler, Josef: J. A. Leisewitz, *Julius von Tarent*. Zürich 1966.

Wenzel, Stefanie: Das Motiv der feindlichen Brüder im Drama des Sturm und Drang. (Diss. Marburg 1992.) Frankfurt a. M. / Berlin [u. a.] 1993.

NACHWORT

I

Johann Anton Leisewitz wurde am 9. Mai 1752 in Hannover geboren. Im Herbst 1770 schrieb er sich als Student der Rechte an der Universität Göttingen ein. Vier Jahre später, am 2. Juli 1774, dem Geburtstag Klopstocks, wurde er feierlich in den Göttinger Hainbund aufgenommen, mit dessen Mitgliedern Boie und Hölty er zuvor schon befreundet war. Der *Göttinger Musenalmanach auf das Jahr 1775* enthielt von Leisewitz zwei dramatische Szenen in der antityrannischen Manier der Hainbündler, die heutzutage etwas zu Unrecht nur durch ihre Mondscheinlyrik bekannt sind. *Die Pfandung* vergegenwärtigt die elende Lage eines Bauern, dessen Betten anderntags verpfändet werden sollen, damit die dem Fürstenprassen dienenden Steuern aufgebracht werden können. Bauer und Bäuerin trösten sich über ihre Lage beim Gedanken an das ausgleichende jenseitige Gericht. In der Szene *Der Besuch um Mitternacht* erscheint einem Fürsten, der seine Mätresse erwartet, der Geist Hermanns des Cheruskers. Die Erscheinung prophezeit den Wandel der Verhältnisse, denn „Despotismus ist der Vater der Freiheit".

Schon im Herbst 1774 übersiedelte Leisewitz nach Hannover, wo er sich als Advokat niederließ. Eine Befriedigung fand er in dieser Stellung nicht – sein Freund Albrecht Thaer schrieb später, Leisewitz habe „keine Passion für sein Metier" gehabt. Von Göttingen brachte er sein Trauerspiel *Julius von Tarent* mit, das, wie die Daten des Originalmanuskripts zeigen, im Sommer 1774

– sehr wahrscheinlich nach vorangegangenen Entwürfen – ausgeführt worden war. Richard Maria Werner hat in seiner Ausgabe des Manuskripts (1889) die Entstehungsgeschichte mit philologischer Akribie geklärt und dabei festgestellt, daß Leisewitz zwar nach einem Szenarium geschrieben, doch die einzelnen Szenen in beliebiger Reihenfolge ausgearbeitet hat. Sollten die Termine am Rande der Szenen nicht nur die Überarbeitungsdaten festhalten, so besäßen wir in Leisewitz' sprunghafter Arbeitsweise eine plausible Erklärung für die Diskontinuität von Julius' Charakter, die sich zwischen den Eingangsszenen des ersten und des zweiten Aktes auftut. Der sichere Kunstverstand Thaers hatte, wie die erste Beilage der Leisewitz-Biographie Kutscheras ergibt, die „Drohungen des Julius gegen die Äbtissin" (II 1) beanstandet, da sie sich nicht zum Charakter des Prinzen schickten (und die Rolle der Cäcilia als „zu matt" empfunden). Thaer schränkte zwar seine Kritik im gleichen Atemzug wieder ein, da „die Liebe den Sanftmütigen zur Wut bewegen" könne, doch wenn Gottfried August Bürger in einem Brief an Boie vom 30. Mai 1776 das auch von ihm gerühmte Stück „nicht recht ineinander greifend" fand, so hatte dies wohl seinen Grund in der verwirrenden Zeichnung von Julius' und Guidos Charakter.

Im Frühjahr 1775 erschien in verschiedenen öffentlichen Blättern eine ‚Ankündigung' von Sophie Charlotte Ackermann und ihrem Sohn Friedrich Ludwig Schröder, den Leitern der nach ihnen benannten Hamburger Schauspielgruppe, daß sie wieder Dramen erwerben wollten. Um die Arbeit der Dichter zu fördern, die bisher bei Theateraufführungen ihrer Werke ohne Honorar ausgegangen waren, erklärten sie sich bereit, für ein ‚Originalstück' zwanzig Louisdor unter der Bedingung zu zahlen, daß das eingesandte Drama keinen sittlichen Anstoß errege, nach Möglichkeit in Prosa gehalten und dem Theater gemäß eingerichtet sei, also keine überflüssigen Kosten verursache.

Im Sommer 1775 – wahrscheinlich im August – schickte Leisewitz seinen *Julius* nach Hamburg. Auch die beiden anderen eingereichten ‚Originalstücke' hatten seltsamerweise den Brudermord zum Gegenstand. Das Kainsmotiv muß in jenen Jahren geradezu ‚grassiert' haben. Salomon Geßner hatte 1758 in einer seiner Patriarchaden den *Tod Abels* dargestellt, Meta Klopstock folgte ihm ein Jahr später, und Maler Müller versuchte sich 1775 an diesem dramatischen Urmotiv.

Leisewitz entnahm seinen Stoff mit großer Wahrscheinlichkeit den *Historien* des Jacobus Augustus Thuanus. Daß er außerdem noch die Verschwörung der Pazzi gegen die Mediceer kannte, von der Machiavelli im achten Buch seiner *Florentinischen Geschichte* erzählt, kann füglich angenommen werden, da dort die Namen Julian und Bianca auftauchen. Überraschend ist, daß auch Klinger, der sich ebenfalls um die Hamburger Taler bemühte, die Geschichte vom Tod der Söhne des Herzogs Cosmus I. (im Jahre 1562) dramatisierte. Die ältere Forschung hat glaubhaft gemacht, daß Johann Martin Miller, der Freund Leisewitz' und Verfasser des tränenseligen Bestsellers *Siegwart, eine Klostergeschichte* (1776), bei einem Wetzlarer Besuch Ende Juli 1775 Klinger arglose Hinweise auf Fabel und Komposition des *Julius* gegeben hat. Da Klinger innerhalb kürzester Zeit ein Drama aufs Papier zu werfen vermochte – *Das leidende Weib* entstand in vier Tagen –, ist in der Tat zu mutmaßen, daß Millers Erzählung in ihm die Absicht weckte, sich desselben Sujets zu bemächtigen und am Hamburger Wettbewerb teilzunehmen. Daß überdies Johann Heinrich Voß, dem Leisewitz sein Drama geschickt hatte, den günstigsten Eingabetermin versäumte, könnte einem Brief an Hölty (vom 14. November 1775) entnommen werden. Voß schreibt darin, das Trauerspiel sei ihm zurückgegeben worden, „weil Klingers *Zwillinge,* die schon vorher angenommen waren, eben den Inhalt haben". Klingers *Zwillingen* also schlug man die hundert Taler zu. Die Gutachter hatten nach ihren eigenen Angaben die Theaterwirksamkeit der Stücke am stärksten berücksichtigt. Daß bei den finanziellen Schwierigkeiten der Schauspieltruppen der Spielplan den Erwerb motivgleicher Dramen verbot, erstaunt nicht. Spricht man, wie es die Literaturgeschichten tun, von einem Preisausschreiben, so nur mit der Einschränkung, daß hauptsächlich die Rücksicht auf Schröders Bühne das Urteil bestimmte.

Unter den eingereichten Arbeiten befriedigten *Die unglücklichen Brüder* eines Anonymus am wenigsten (es handelt sich wohl um die Erstfassung von Traugott Bergers *Galora von Venedig*). Die Begründung, die im ersten Band des *Hamburgischen Theaters* (1776) für die Auszeichnung der *Zwillinge* gegeben wurde, lautete: „... *Julius von Tarent,* handlungsvoll, schön dialogiert, voll Verve und Geist; alles entdeckt den Kenner der Leidenschaft, den denkenden Kopf, den Sprecher des Herzens, und kurz – den Dichter von Talenten; es war des Preises entschieden wert, bis ihm das dritte, die *Zwillinge,* denselben dadurch abgewann, daß es die mächtige, gewaltige Triebfeder der unentschieden gebliebenen Erstgeburt voraus hatte. ‚Wer beweist mir, daß nicht ich der Erstgeborene von uns Zwillingen war?' Das entflammt den wilden, hintennach gesetzten Guelfo, und darüber fallen beide."

Die Frage, ob in Hamburg ein ästhetisch gerechtes Urteil gefällt wurde, erregte noch lange die Gemüter. Für den heutigen Literarhistoriker bilden Klingers *Zwillinge* die reinste, die idealtypische Verwirklichung dessen, was wir als Sturm-und-Drang-Dichtung anzusprechen gewohnt sind. Kategorien wie Szenenführung und Dialoggestaltung, die für Lessing und Leisewitz verbindlich sind, verfehlen die Eigenart dieses wilden und eruptiven Stückes. Seine Handlung verläuft schubweise als auf- und abflammende richtungslose Leidenschaft, die sich an den eigenen Expressionen berauscht und in gehetzten Wortkaskaden freisetzen will. Vergleicht man damit den *Julius von Tarent*, der die herrschenden Themen der Zeit – Freiheit, Natur, Größe, Ichgefühl – allesamt enthält, so wird die Verschiedenheit beider Dramen überdeutlich. Otto Ludwig hat in zwei seiner *Studien* Eigenart und Eigenwert der konkurrierenden Werke feinsinnig festgehalten und am *Julius* die durchsichtige Komposition wie die treffliche Schilderung der Charaktere und Seelenzustände gerühmt, aber hinzugefügt: „... Die *Zwillinge* sind unstreitig drastischer und haben einen Vorteil vor dem *Julius* in der Stimmung und dem Phantasieschwunge; was die Sprache betrifft, stehen sie weit zurück. In den *Zwillingen* glaubt man schon in der ersten Szene mehr an den tragischen Ausgang als hier eine Zeile vor diesem selbst."

Als Leisewitz' Drama im Jahre 1776 bei Weygand in Leipzig erschien, wurde ihm ein größerer Beifall als den *Zwillingen* zuteil. Bereits am 19. Juni dieses Jahres fand in Berlin die Erstaufführung durch die Döbbelinsche Truppe statt. In der *Allgemeinen deutschen Bibliothek* (und in einem Brief an Nicolai vom 17. Juni 1776) schrieb Eschenburg, seit der *Emilia Galotti* (1772) sei kein besseres Schauspiel erschienen. Wieland, der es im Oktober 1776 in seinem *Teutschen Merkur* besprach, mußte trotz großer Vorbehalte gegen die „nur in dem Gehirn des Verfassers entsprungenen" dramatischen Geschöpfe die „blendende Diktion" und die „bis zur Wärme des innigsten Gefühls auffliegende Einbildungskraft" anerkennen. Und Lessing, der den *Julius* anfangs für ein Werk

Goethes gehalten haben soll, würdigte den jungen Dichter fortan einer lebhaft gepflegten Freundschaft. Einen großen Einfluß übte Leisewitz vor allem auf Schillers Dramatik aus, und zwar von den *Räubern* an bis zur *Braut von Messina*. Leisewitz war der Lieblingsautor des Karlsschülers, und Schillers Jugendfreunde Petersen und Hoven versichern, daß das Frühwerk *Cosmus von Medicis*, das einem Autodafé verfiel, große Ähnlichkeit mit dem *Julius* gehabt habe (vgl. Nationalausgabe Bd III, S. 268 und 395 f.).

Wie hoch Leisewitz von Freunden und Bekannten damals eingeschätzt wurde, mag ein Briefzitat Bürgers (an Boie am 5. Dezember 1776) erhellen, zu dessen Shakespeareklub er gehört hatte: „Im Reich des Witzes und der Laune wird er, was noch kein Deutscher gewesen ist." Doch Leisewitz konnte die hochgespannten Erwartungen nicht erfüllen. Über zehn und mehr Jahre hinweg trieb er Quellenstudien zu einer großangelegten Geschichte des Dreißigjährigen Krieges, ohne je zu einem Ende zu kommen, und dichterische Pläne und Stoffe (*Konradin* und *Der Sylvesterabend*) gediehen trotz seiner langen Beschäftigung über Einzelszenen nicht hinaus. Mit Gerstenberg und Wagner teilte er das Geschick, daß seine dichterische Entwicklung nach einem verheißungsvollen Anfang abbrach.

In seiner *Vorschule der Ästhetik* (3. Abteilung, 5. Kapitel) deutet Jean Paul Leisewitz' Verstummen als Folge einer falschen Kritik: „So blitzte in die ausbrechenden Blüten des herrlichen Leisewitz ein solcher kritischer Tropf zu unser aller Schaden." Da aber nicht nur in der Tragödie das Wesen eines Menschen sein Schicksal bedingt, so ist zu vermuten, daß in der Disposition seines Charakters die entscheidenden Gründe für Leisewitz' spätere Wirkungslosigkeit zu suchen sind. Er war kein Stürmer und Dränger nach der landläufigen Auffassung, die sich am Treiben des jungen Klinger gebildet hat. Pedanterie als Ausdruck einer selbstquälerischen Bewußtheit weisen schon viele hölzerne Sätze seines *Julius* auf. Kränkelnd, zaudernd, von hypochondrischen Anwandlungen befallen, verlebte Leisewitz einige Jahre in Braunschweig, bis er 1786 Erzieher des dortigen Erbprinzen wurde und zum Geheimen Justizrat aufstieg (1801). Als Präsident des Obersanitätskollegiums (1805) soll Leisewitz besonders in der Armenfürsorge segensreich gewirkt haben. Die Tatkraft, die er dabei entwickelte, läßt annehmen, daß ihm gegen Ende seines Lebens menschliche Tragödien zu verhindern wichtiger war als poetische zu verfassen.

Erst 54 Jahre alt, starb Leisewitz am 10. September 1806.

II

Am 21. Dezember 1779 schrieb Leisewitz an Reinwald: „Die erste Idee zu meinem Stücke nahm ich aus der Geschichte des Großherzogs Cosmus I. von Florenz und seiner Söhne Johann und Garsias. Weil mir aber hier weder die Charaktere noch das historische Detail so ganz gefielen, schlug ich diesen Mittelweg zwischen Geschichte und Erdichtung ein. Hingegen glaubte ich die poetisch-philosophischen Sitten des Mediceischen Hofes mit Recht zu behalten; die Philosophie auf dem Pegasus gefiel mir."

Den ‚Mittelweg' also zwischen Geschichte und Fiktion wählte Leisewitz bewußt, und vergleicht man sein Drama mit der (mutmaßlichen) Quelle, so zeigt die Differenz von vorgegebenem Stoff und dichterischer Gestaltung seine Absicht, Personen und Vorgänge von der historischen Situation abzulösen und ins allgemein Menschliche zu erheben. Nur in den Grundsituationen – des Bruderhasses, des Brudermords und des Rachevollzugs durch den Vater – stimmt die dichterische Fabel mit der Quelle überein, die im andeutenden Berichtsstil erzählt, wie Garsias seinen Bruder auf der Jagd tötet und seine Untat zu verbergen sucht, wie der Schlimmes ahnende Vater dann Garsias an die Leiche treten läßt und sich darüber die Wunden des Toten von neuem öffnen: „En, inquit, sanguis fratris tui qui ultionem a Deo atque etiam a me deposcit." Ausführlich begründet Cosmus das Richteramt über seinen Sohn; seiner tragischen Aufgabe ist er sich, wie Fürst Constantin, voll bewußt. Ein Verbrechen sei es, gesteht Cosmus sich ein, den eigenen Sohn zu töten, aber ein noch größeres, den Mord ungesühnt zu lassen. Garsias erlangt nicht die Sühnekraft wie Leisewitz' Guido; den um sein Leben Flehenden tötet Cosmus, indem er Gott bittet, seine Tat zu billigen und dem schuldig gewordenen Sohn die Gnade nicht zu versagen. Um die Machtstellung des Cosmus nicht zu gefährden, werden die Vorgänge geheimgehalten, ja es wird sogar das Gerücht ausgestreut, durch eine epidemische Krankheit sei der zweite Sohn dem ersten in einen plötzlichen Tod gefolgt. Da Leisewitz sein Drama aus den historisch-politischen Bezügen löste, brauchte er diese Folgerungen nicht zu berücksichtigen. Bedenken wir, daß er die Liebe der verfeindeten Brüder zu Blanca hinzufügte und die volle Mühe der Charakterisierung und Motivierung auf sich nahm, die bis zur freiwilligen Unterwerfung Guidos unter den väterlichen Richterspruch reicht; erwägen wir den ganzen Abstand des dramatischen Vorgangs von dem verblaßten historischen Bericht, so wird deutlich, daß es Leisewitz nicht darum ging, einen geschichtlichen Stoff in seiner dramatischen Disposition zu erspüren und darzustellen. Die Quelle hat lediglich die Bedeutung, die innere Wahrscheinlichkeit der Handlung zu begründen und dem stofflich-ungefähren Interesse des Zuschauers zu genügen. Das unwiederholbar Besondere des Geschichtlichen vernachlässigte Leisewitz überdies dadurch, daß er die beiden Brüder weniger als Individualitäten denn als Verkörperungen polarer Charaktertypen begreift, deren Gegensatz aus dem Geist des Sturm und Drangs begründet wird.

Diese Hinweise lassen erkennen, daß Leisewitz nicht, wie er meinte, den „Mittelweg zwischen Geschichte und Erdichtung“ einhielt, daß vielmehr seine Imagination das dürftige Schema von Mord und Sühnung nach eigenem Vermögen ausstattete. Die dichterische Fabel ist dabei fast karg: Julius von Tarent, der Erbprinz, will seine Geliebte Blanca aus dem Kloster befreien, wohin sie sein Vater hatte bringen lassen, damit einer Mesalliance vorgebeugt werde und sie als Streitobjekt zwischen den ungleichen Brüdern ausscheide. Da Guido eigene Besitzansprüche anmeldet und seinem Bruder Blanca zu verwehren schwört, ist die Kollision unvermeidlich: Im Begriff, mit Blanca zu entfliehen, wird Julius von Guido erstochen. Blanca verfällt über der Leiche dem Wahnsinn, der alte Fürst rächt die Kainstat an dem reumütigen Sohn mit eigener Hand.

Die Fabel macht deutlich, wie wenig stofflich die dargestellte Handlung ist, obwohl kein vorganghaftes Element von Bedeutung hinter die Szene gerückt wurde. Was wir gemeinhin Handlung nennen, ereignet sich erst im vierten und fünften Akt – auch dieses Drama hält uns also an, Handlung vornehmlich als Folge innerer Zustände, als Wechsel der Gefühlsleidenschaft zu verstehen. Obwohl schon Lessing nicht müde wurde, gegen den grob-materiellen Begriff der Aktion anzugehen, verwirrt dieser noch heutzutage die Köpfe. In seinen *Abhandlungen über die Fabel* rügte Lessing den stofflich interessierten Zuschauer und bestand darauf, „daß auch jeder innere Kampf von Leidenschaften, jede Folge von verschiedenen Gedanken, wo eine die andere aufhebt, eine Handlung sei". Dramatische Handlung bedeutet demnach nicht nur „ein ausgeführtes Wollen", wie Hegels *Ästhetik* lehrt, sie ist dieses Wollen selbst in seinen Begründungen, in seinem Schwanken, Zögern und seinen Verirrungen. In Rede und Gegenrede drängen im *Julius von Tarent* Bewegungen des intensiven Gefühlsablaufs ins Wort, die sich der angekündigten Verwirklichung in der konkreten Situation weithin entziehen. Was Anfang und Ende der dramatischen Absicht der Stürmer und Dränger ist, die Erregung der Leidenschaften, zeigt sich in deren weitläufiger Selbstdarstellung im deklamatorischen Pathos. Dabei erstaunt aber immer wieder, wie gering das *aktive* Tun der dramatischen Gestalten in jener Epoche ist, wie schon die Anlage der Stücke – man denke an Gerstenbergs *Ugolino* als Szenarium ohnmächtiger Leidenschaften – kräftige Handlungskonflikte verbietet, obwohl doch für die damaligen Dramatiker im Anfang die pure Tat war. „Handeln, handeln ist die Seele der Welt, nicht genießen, nicht empfindeln, nicht spitzfindeln ..." rief Lenz (Blei, Bd IV, S. 222) aus. Leisewitz' Guido aber, dessen Credo nichts als die Tat kennt, verharrt mehr reagierend als agierend in hochgespannten Affekten, die sich einzig in einer schmählichen Gegenaktion konkretisieren, während Julius, der die Handlung anzutreiben genötigt ist, lange Zeit unentschieden zwischen Entschluß und Widerruf hin und her schwankt. Die Deutung der Fabel des vorliegenden Dramas verlangt also einen Handlungsbegriff, der auch die um ihrer selbst willen hochgetriebenen Leidenschaften umfaßt und Spiel und Gegenspiel – in Monologen, Unterredungen und Streitgesprächen vorbereitet – als deren Entladungen versteht.

Die historischen Bezüge des Dramas sind nach alledem lose; es spielt nicht in Florenz, sondern, wie der Titel nahelegt, in Tarent. Diese genaue geographische Angabe überrascht, wenn wir uns an andere Dramen der Stürmer und Dränger erinnern – an den *Neuen Menoza* von Lenz beispielsweise, der „hie und da“ abläuft, oder an Schillers *Räuber*, die gar das ganze Deutschland als Schauplatz beanspruchen. Während die Zeitbestimmung von Leisewitz – „Ende des funfzehnten Jahrhunderts“ – bewußt vage gehalten ist und der Geist jener Epoche mit den „poetisch-philosophischen Sitten des Mediceischen Hofes“ unmerklich bleibt und während die sizilianische Landschaft in ihrer eigentümlichen Vegetation nur als Stimmungsgrund ergriffener Gefühle dient, offenbart die genaue Ortsangabe und mehr noch die Handlungsdauer des Dramas, wie streng Leisewitz die Anforderungen der Regelpoetik beachtet. Das Geschehen ist auf den Geburtstag des greisen Fürsten, die folgende Nacht und den Morgen – auf einen Sonnenumlauf etwa – konzentriert. Mögen die Einheiten des Ortes und der Zeit für ein Drama auch nur von peripherer Bedeutung sein, so ist doch festzuhalten, daß Leisewitz beiden nachkommt und eine geradlinige Handlungsführung pflegt, wie sehr seine Generationsgenossen auch die „Trinitätslehre“ (Lenz) mißachteten und dem kausalen Nexus von Motiv und Tat die episodenhafte Reihung szenischer Ausschnitte entgegensetzten. Leisewitz folgt also nicht Goethes *Götz* (1773), der in sprunghaftem Szenenwechsel eine versunkene Zeit in wechselnden Daseinskreisen lebenswarm vergegenwärtigt, er folgt Lessing, für den der einheitliche Handlungsverlauf in der Praxis noch verbindlicher als in der theoretischen Überlegung war.

Welcher Akribie sich Leisewitz im einzelnen befleißigte, um dem fiktiven Zeitsystem zu genügen, erhellen die Aussagen der Personen. Cäcilia wird (II 4) die Zeit des Wartens auf Julius lang: damit ist die Parallelhandlung – der Prinz ist unterwegs zum Kloster – in ihrer zeitlichen Ausdehnung erfaßt. Im fünften Akt gewährt

Leisewitz dem Fürsten einen zusätzlichen Monolog, um Guido die Beichte hinter der Szene zu ermöglichen und damit die temporale Wahrscheinlichkeit zu erfüllen. Obwohl sich natürlich auch dieses Drama der bloßen faktischen Richtigkeit entzieht und die innere, die ‚erlebte' Zeit nach eigenen Maßen abläuft, wie die Wandlung Blancas von einer Nonne zur liebenden Frau verdeutlicht, so ist doch Leisewitz' Mühe um Übereinstimmung von dargestellter und physikalischer Zeit offensichtlich. Diese Mühe, das Irrationale der Illusion zu begrenzen, dient insgesamt der Geschlossenheit der dramatischen Form und ihrer durchsichtigen Motivation. Gewiß sind auch hierbei Prämissen hinzunehmen, die der Leser gerne aufgelöst wüßte – so könnte man fragen, warum Guido verfrüht aus dem Kriege gerufen wird oder weshalb Julius trotz der patriarchalischen Idyllik des Fürstentums diese Staatsform wie eine absolutistische Willkürherrschaft ablehnen kann. Doch schon dieser letzte Hinweis erinnert an die Fülle der Gefühlsgedanken in diesem Drama, die den Geist des Sturm und Drangs zwar angemessen ausdrücken, aber im dramatischen Geschehen nicht voll integriert und für die Entscheidung der Personen nicht voll wirksam gemacht werden. So bildet die Darstellung der Äbtissin lediglich den Hintergrund, von dem sich das Freiheitsverlangen der jungen Generation abhebt, und die Folie für Blancas dunkles Geschick. „Überall das Ungefähr auszuschließen", wie Lessing im 30. Stück der *Hamburgischen Dramaturgie* gefordert hatte, d. h. der einläßlichen Begründung galt die fast ängstliche Beflissenheit Leisewitz', die sich beispielsweise in der Erläuterung der Nonne zu Blancas Entschwinden (V 4) äußert. Bedeutsam aber für dieses Erstlingswerk ist, daß das penible Motivieren mehr den äußeren, sinnenfälligen Vorgängen zugute kommt als den wechselnden Haltungen der Personen. Zwar brauchen Grund und

Folge von Handlungen einander nicht mechanisch zu entsprechen, da das letztlich Inkommensurable der Charaktere unkalkulierbare Impulse vermittelt und bestimmte Situationen bestimmte Charakterzüge erst hervorrufen, auch bedarf Guidos blitzartiger Gesinnungswandel nach seiner Untat sowenig der Begründung wie die Verkehrung der Milde des alten Fürsten in kalte Rachegefühle, doch die völlige Veränderung des Charakters des Julius, die sich in seinem Wüten zu Beginn des zweiten Aktes zeigt, hebt seine eigene eingehende Charakterisierung (und die der Mitagierenden) im ersten Akt auf. Auch dem Verhalten Cäciliens fehlt die überzeugende Begründung. Wenn die *Frankfurter gelehrten Anzeigen* des Jahres 1776 in ihr Lob des Stückes den Tadel mengten, Cäcilia sei überflüssig, so muß zwar dagegen eingewandt werden, daß der Fürst ihrer bedarf, um selbst aktiv eingreifen und eine Lösung anbahnen zu können; aber Leisewitz beläßt es, wenn so gesagt werden darf, bei einem blinden Motiv, indem er aus Cäcilia ein androgynes Wesen macht, das Julius in seiner Brautwahl keinen Augenblick unsicher zu machen vermag. Alle „Ratten- und Mauselöcher“ zu verstopfen, wie Hebbel das Motivieren umschrieb (Tagebücher 4982), d. h. die innere Notwendigkeit in der Entfaltung von Charakteren und Vorgängen in der äußeren Szenenfolge anschaulich zu machen, gelang Leisewitz nicht in allen Teilen. Der fünfte Akt gar, der in der Rache des Vaters zwar an die Quelle erinnert, in Guidos Sühneverlangen aber die Lessing verpflichtete Absicht offenbart, eine moralische Wirkung der Handelnden auf die Zuschauer zu erreichen, ist in den vorhergehenden Akten nur unzureichend vorbereitet und läßt die bedeutsame Frage nach der Bewertung des Julius unbeantwortet.

Spannung gewinnt Leisewitz in der für die geschlossene Dramenform typischen Art: durch die schrittweise

Enthüllung der Vergangenheit (erst in der sechsten Szene erfährt der Zuschauer den Grund für Blancas klösterliche Schutzhaft) und vornehmlich durch die vielfältigen Vordeutungen, die sich als Furcht und Hoffnung des alten Fürsten und als wiederholte Entschlüsse der beiden Brüder äußern, wodurch sie ihr künftiges Tun festlegen. Entschlüsse als Antizipationen – der *Julius von Tarent* zieht aus diesen Vorgriffen des Willens seine eigentümliche Gespanntheit, welche die retardierenden Momente des Zögerns und der aufflackernden Versöhnung noch steigern. Zielgerichtet ist der Bau der Dialoge, der meist einem einfachen Schema entspricht: Der Situationsbezug wird eingangs hergestellt und ein Entschluß davon abgeleitet; Einwände des Partners werden erörtert, wobei sich die eigene Haltung differenziert, bis schließlich der Szenenschluß die anfängliche Entscheidung bekräftigt oder durch eine neue aufhebt.

Leisewitz' Werk stellt sich somit als Zieldrama kat' exochen dar, dessen Handlungsführung die gegenläufigen Tendenzen Guidos und Julius' in genaue Relation zu bringen bemüht ist und dessen Schlußakt gleichsam über das Stück hinausführt. Die ursprüngliche Eingangsszene des fünften Akts, die Soldatenszene, verwarf Leisewitz, um die strenge Linienführung nicht zu gefährden und der Shakespeare-Imitation zu entgehen. Die tektonisch-geschlossene Form entspricht der geschlossenen Adelsgesellschaft, in die ein Bauer huldigend treten darf (III 1) und aus der Blanca – nicht eben zufällig, wie man folgern möchte – verwiesen ist. Ungewöhnlich durchsichtig ist die Konstellation der Figuren: Jeweils zwei Personen sind während des Spiels gleichbleibend einander zugeordnet, während Guido bezeichnenderweise isoliert auftritt. Die Einheit dieses Dramas erwächst aus dem in allem Schwanken festgehaltenen Ziel des Julius, Blanca für sich zu gewinnen, und dem Gegenspiel Guidos, das die linear gerichtete Handlung durch ein zweites Handlungszentrum bereichert und die Kollisionen schafft; die Einheit der Handlung besteht vornehmlich in der nachdrücklichen Konzentration auf das jähe Ende menschlicher Schicksale (wie sie Herder gefordert hatte), während sich die Handlungszeit der *Räuber* über „ohngefähr zwei Jahre“ erstreckt. Wer wollte, könnte (cum grano salis natürlich) Gustav Freytags pyramidenförmiges Handlungsschema, wie er es in seiner *Technik des Dramas* aufzeichnete, an Leisewitz’ geschlossenem Typus ablesen: das ‚erregende‘ Moment des Mondlichts (I 1), das antagonale des Bruderhasses (I 2), das retardierende der Geburtstagsfeier (III 1+2). Der aufsteigende Teil der Handlung, die Anabasis, gliedert sich in Plan und Gegenplan; die Peripetie vollzieht sich in der erklärten Todfeindschaft Guidos (III 4).

Das vorliegende Drama, das den Geist einer neuen Epoche, das Lebensgefühl der Stürmer und Dränger enthusiastisch ausspricht, bedient sich nicht nur rationalistischer Argumentierweisen, es behält – im Gegensatz zu Lenz und Klinger – Gestaltungsgesetze bei, die seinen inneren Absichten Fesseln anlegen. Zwar ist *Julius von Tarent* geistesgeschichtlich der reine Ausdruck der Sturm-und-Drang-Epoche, doch ästhetisch gewertet erfüllt er die Bedingungen nicht, die wir mit dem idealtypisch verstandenen Dramentypus dieser Zeit verbinden. Die strenge Form dient dem Erstlingswerk als Maß für das zu bändigende Übermaß der Leidenschaft und als orientierender Halt für die Vielfalt der Bezüge. Leisewitz ist Schüler Lessings in der dramatischen Technik und in der auf die erhabene und zugleich rührende Darstellung zielenden Wirkungsabsicht. Als gegenstrebig äußern sich in seinem Drama die Aussageform, die die überkommenen Schemata spiegelt, und das ausgesagte formensprengende Lebensgefühl. Auch wenn wir die außerordentlich traditionsgebundene Form des tektonischen Dramas berücksichtigen, die für die verschiedenartigsten Konfliktsituationen bis hin zu Büchner als Modell diente, so zeigt doch Leisewitz' Drama eine ungelöste Spannung zwischen der ‚Regel' und der ‚Natur' (vgl. II 1), zwischen der auf die Erfüllung des Buchstabens dringenden Formgesinnung und ihrer Ausdrucksemphase, die keine Grenzen des Fühlens und Empfindens anerkennen mag.

III

Mit einer eindringlichen Selbstcharakteristik des Julius, die den Freund und den Zuschauer in seinen aufgewühlten Seelenzustand einweiht, beginnt das Drama. Der Bericht über das Erlebnis der verflossenen Nacht dient dazu, die unvergleichliche Empfindungsfähigkeit des Prinzen mitzuteilen. Der Entschluß, die Geliebte zu befreien und den lästigen Fürstenpurpur abzuwerfen, ist gefaßt, doch bewirken die Einwände Aspermontes und die starke Vaterbindung eine Aufschiebung des Plans um einen Monat. Die erste Szene spricht also die entflammte und den Extremen zugewandte Leidenschaft des Prinzen aus und offenbart seine Gefährdung durch die „Phantasei". Diese ist geneigt, wie die pietahafte Ausschmückung der Geliebten und die Vorstellung ihres Klosterlebens kenntlich macht, sich wirklicher als die äußere Wirklichkeit zu nehmen. Seine eigentümliche Situation durchschaut Julius hellsichtig: Das Herz, von Goethes *Werther* in seine Rechte eingesetzt als das Organ, mit dem Welt und Leben ergriffen werden und das nur sich selbst will, muß sich dem Fürstenstand und seinen vielfältigen Rücksichten verschließen. Dem Gefühl für die Geliebte ausgeliefert, an die Vergangenheit durch die Erinnerung und an die Zukunft durch die „Entwürfe" gefesselt, vermag Julius aber auch die Bindung an den

Vater nicht abzustreifen. In Julius selbst hat also Leisewitz die Spannungen angelegt, die bei jeder Entscheidung bedrohlich erscheinen müssen und durch die Feindschaft seines Bruders keineswegs erst geschaffen, vielmehr nur zu einer schnelleren Lösung gedrängt werden. Der Prinz, der eine „Philosophie für die Leidenschaften", d. h. die ordnende und begrenzende Funktion der Vernunft, nicht anerkennen kann, nimmt jedoch Gefühlserfahrungen zum Beweis philosophischer Lehrmeinungen. Die Seele ist ihm „ein einfaches Wesen", eine einheitlich aufnehmende und wirkende Empfindungskraft also, die die Ganzheit des Menschen repräsentiert. Aus dieser Einheit des allumfassenden und auch die Verstandeskräfte übersteigenden Gefühls beanspruchen die Gestalten der Stürmer und Dränger allesamt zu leben. Der Bericht des Prinzen enthüllt aber zugleich, daß sein Gefühl nicht in naiver Weise seiner selbst und seines Tuns gewiß, sondern reflektiert ist. Dies ermöglicht ihm, seine individuelle Situation zu erweitern und seinen individuellen Fall zu verallgemeinern, bedingt indes auch sein hamletisches Zögern. Über dem tiefreichenden Gegensatz zwischen Vater- und Brautliebe vermag Julius die Flucht zeitlich nicht zu bestimmen, da er bestimmt ist von seiner Einbildungskraft, seinen „Träumen", wie Aspermonte sagt, die die gegebene Wirklichkeit verwandeln oder übergehen. Somit stellt sich das vorliegende Drama seinem Ansatz nach als das Spiel der übermächtigen, aber unentschiedenen Leidenschaft des Titelhelden dar, dessen sublime Innerlichkeit sich unausgesprochen dagegen sträubt, zeitlich festgelegt und im wesensfremden Handeln veräußerlicht zu werden. Daß der Aufschub seiner Flucht die Spannungen zwischen wertgleichen Gefühlen nicht vermindern kann, muß der Prinz wissen. Da für ihn die Zeit den unentschiedenen Wechsel der Empfindungen bedeutet, wird Aspermonte gebeten, zur Festigkeit zu leiten; da jede getroffene Entscheidung eine andere mögliche ausscheiden müßte und der damit notwendigen Selbstbegrenzung Gefühl und Imagination widerstreben, soll er den Prinzen unterstützen. Die Bedeutung Aspermontes übersteigt schon in der Anfangsszene die des Vertrauten, der lediglich Partner eines verschleierten Monologs sein darf. Er ist Freund und Widerpart des Prinzen und die Stimme der Pflicht. Die Grenze seines leitenden Einflusses fängt dort an, wo der Prinz Nachfolge verlangt. Die Freundschaft Aspermontes muß dann die berechtigten Einwände hintanstellen. Da Leisewitz den inneren Konflikt des Julius auf Rede und Gegenrede der Freunde verteilt, erhält Aspermonte seine geistigen Konturen und das Gewicht einer vollen Person, ohne daß dadurch die Einheit des Dramas gefährdet worden wäre wie nachmals durch Posa im *Don Carlos.*

Einen scharfen Kontrast zur ersten Szene bietet unvermittelt die zweite. Es ist nicht erst das Gespräch, das den Gegensatz der Brüder aufbrechen läßt: Guido schleudert, ohne von der Situation herausgefordert worden zu sein, dem wesensfremden Bruder seine Anklagen entgegen. Seine Vorwürfe enthüllen seinen eigenen Charakter und entschleiern ein Stück der dem Dramenbeginn vorgelagerten Ereignisse. Guido meldet seine Rechte auf Blanca an – eine Frau ist für ihn das willenlose Objekt der männlichen Tapferkeit – und begründet seinen Anspruch zudem mit seiner verpfändeten Kriegerehre. Er verhöhnt die weiche, tatenlose Empfindsamkeit des Julius und die Aussicht auf ein ruhmloses Ende und trifft ihn mit dem Vorwurf, seine fürstlichen Pflichten versäumen zu wollen. – Am Ende der zweiten Szene, die durch den ohnmächtigen Abgang Julius' markiert wird, steht Guido seinem Bruder feindselig fordernd gegenüber. Da beide dasselbe Ziel verfolgen (ohne daß Recht oder Unrecht vorerst gegeneinander abgegrenzt sind), bereitet sich der

Zusammenstoß vor, der in der grundsätzlichen Verschiedenheit der Charaktere angelegt ist. Die überhitzte und veräußerlichte Ehrauffassung des einen richtet sich gegen die fast weltlose Innerlichkeit des andern. Indem die Brüder zu Nebenbuhlern werden, hat Leisewitz der Forderung Lessings im 99. Stück seiner *Dramaturgie* Genüge getan, daß „die Handlung freilich in etwas mehr als in einer bloßen Kollision der Charaktere bestehen" müsse. Die Liebesleidenschaft vermehrt den Bruderhaß; der Konflikt der Charaktere erweitert sich zum Konflikt der Interessen. Das antagonale Moment des Bruderzwists wird durch die finale Spannung des Liebesbezugs verschärft.

In der dritten Szene setzt Guido seine Anschuldigungen fort. Leisewitz erhöht den vom Affekt Hingerissenen zum reinen Prototyp eines Stürmers und Drängers: „Handeln, Aspermonte, macht den Mann . . ." Mit kraftgenialischem Gebaren setzt sich Guido ab von den Platonlesern, den meditierenden und spekulierenden Jünglingen, denn Mut und Tapferkeit sind für ihn die einzigen gültigen Kategorien, obwohl sich auch *seine* schneidende Rede der (rhetorisch) geschulten Dialektik bedient. Die Kühle Aspermontes, die eine Antwort vertritt, macht Guidos Monologisieren noch hitziger, Schweigen macht ihn noch wütender, so daß schließlich das Duell der Degen die wirkungsarmen Worte ablöst und der einseitige Wortstreit in die Guido gemäßere Form des Zweikampfs übergeführt wird, in der sich Aspermonte allerdings in einer unerwartet überlegenen Weise bewährt, ohne deshalb den Gegner zur Raison bringen zu können. Der Auftritt des Oheims gibt Guido ein weiteres Mal die Möglichkeit, seiner Empörung gegen Andersgeartete Luft zu verschaffen. Wieder spielt er das Wissen gegen die Tat aus und setzt – in der Manier der Zeit – den Helden, der Geschichte macht, gegen und über den, der Geschichte schreibt. Die gröblich simplifizierte Verachtung des (unverbindlichen) Denkens durch den Tatmenschen wird Julius zuteil: Damit ergibt sich ein echter Gegensatz, den Leisewitz in seiner späteren Charakterisierung des Guido nicht wieder aufgreift. Im Verlaufe der vierten Szene wird Guido für würdig erachtet, die stolzeste Anschauung der damaligen Jugend auszusprechen, die Überzeugung, daß er „Wirklichkeiten denke", daß also seine Taten nicht erst seine Gedanken einholen, daß vielmehr Tun und Denken, die für andere auseinanderfallen, in ihm zur Einheit kommen. Diese prätendierte Identität von Tun und Denken erinnert an die alte Vorstellung, Gottes Gedanken seien seine Werke – eine Vorstellung, die im säkularisierten Gottgleichheitsgefühl des schöpferischen Menschen dieser Epoche verwandelt wieder auftaucht (und zugleich die ewige Sehnsucht nach der Einheit des in die Vielheit der Teile und Kräfte zerfallenden Lebens ausdrückt). Im „Götterselbstgefühl" (wie Goethe sagte) die Welt in der Kunst nach eigenen Schöpfungsmaßen zu bewegen und zu gestalten – an diesem Gedanken, den Guido variiert auf sich überträgt, berauschte sich damals die junge Generation. Da er sich der unbegrenzten Wirksamkeit, der Verwirklichung seines Wollens dergestalt vermißt, so überrascht es nicht, daß er das Schicksal selbst in die Schranken fordert, um ihm Blanca abzugewinnen. Der eigene Bruder fällt als gleichwertiger Gegner aus, der Gegenspieler wird vielmehr überhöht und mit dem Weltlauf ineinsgesetzt, denn das Schicksal ist der einzige der eigenen Willensgröße angemessene Widersacher. Wir sehen: Guidos „Entwürfe" erbilden sich ungeheure Widerstände – Projektionen des inneren Unmaßes, die für den Zuschauer in keinem vernünftigen Verhältnis mehr zur wirklichen Situation stehen. Vergleicht man die beiden Brüder, dann zeigt sich das Gemeinsame in der Verschiedenheit: Überdeckt Julius die

Wirklichkeit mit Traumgesichten, so übersteigert Guido sie mit hybriden Entschlüssen. Beide verkennen auf eigentümliche Weise die Welt.

Den abschließenden Monolog (I 5) verdankt Guido der Einsicht des Dramatikers, daß die Maßlosigkeit der Leidenschaft in der Extensität ihrer Darstellung ein Zeugnis ihrer Intensität besitzt. Leisewitz überläßt dem Verächter des Worts weitläufige Suaden, denn hier und später fehlt ihm die Möglichkeit, dessen Wesen in Mimik und Gestik, in Zug und Gegenzug zu objektivieren. Darin zeigt sich ein Mangel des Stücks, der in den späteren Szenen deutlich hervortritt. Daß sich ein Drama in der Sprache entfaltet und die Personen ihr Selbstverständnis, ihr Weltverhältnis und ihr zukunftsgerichtetes Wollen explizieren müssen, daß das Hamlet-Wort (III 2) von den redseligen Schauspielern („The players cannot keep counsel; they'll tell all.“) die dramatische Gattung überhaupt betrifft, muß als deren Eigenart anerkannt werden. Guidos Gebaren jedoch offenbart ein Mißverhältnis, das nur zur einen Hälfte – in der Verschiedenheit von Prätention und Realität – seiner Charakterisierung dient, im übrigen aber seinen von Leisewitz positiv gemeinten Tatwillen in Sentenzen und Hyperbeln sich erschöpfen läßt. Die Monologszene resümiert ebenfalls bereits Gesagtes: die Identifizierung des „eigentlichen Selbst“ mit seinen „festen Entschließungen“, welche die Person und ihre Zukunft verengt. In dieser Fixierung bahnt sich die vielen dramatischen Gestalten eigene Verfehlung der offenen Wirklichkeit an, die in die Verschuldung an anderen Menschen mündet. Guido, der auf eine Ehre, die andere ihm geben, bedacht ist, schließt seine Wette mit der eigenen Maßlosigkeit ab.

Dem Rat der Poetiker, nach starken Affekten eine Ruhepause einzufügen, entspricht die sechste Szene. In einer ausführlichen Charakteristik bringen der Fürst und der Erzbischof die Wesensverschiedenheit der beiden Brüder auf Grundbegriffe und ergänzen deren Selbstaussagen. Seine lyrisch getönte Dezenz deutet der alte Fürst in Julius hinein, der aus dieser Perspektive vollends zu einem empfindsamen und liebeseligen Jüngling wird, während der Erzbischof Guidos Charakter ausschließlich auf seine Ehrbegierde zurückführt und ihm sein Gefühl für Blanca abspricht. Um dem Dilemma zu entgehen und die drohende Kollision zwischen Liebe und Ehrgeiz gegenstandslos zu machen, soll Cäcilia an Blancas Stelle treten. Eine Vermittlung – wenn auch nicht der Charaktere, so doch der Ziele – scheint damit möglich zu sein. In der Folge berührt es seltsam, daß der alte Fürst Cäciliens verhaltene Abwehr weder in der wohlvorbereiteten siebten Szene noch später bemerkt.

Der erste Akt des *Julius von Tarent* stellt in der bewußten Selbstaussprache der Brüder und deren direkter Charakterisierung durch Vater und Oheim die Anfänge der weitläufigen Exposition dar, die den Konflikt in der Verschiedenheit der Charaktere und der Gleichheit des Ziels angelegt hat. Die Gegensätze übersteigen die streitenden Brüder, da sich beide mit einem Wert – Liebe und Ehre – und dessen Durchsetzung identifizieren, so daß die charakterliche Differenz in den Konflikt der Werte übergeht. Die Liebe Julius' bietet, wie der Erzbischof sagt, Guidos Ehrgeiz auf. Damit erreicht der erste Akt, was Hegel in einem seiner tiefsinnigen Lakonismen als Voraussetzung des dramatischen Vorganges kennzeichnete: daß die Bestimmtheit, mit der eine Person ihr Ziel verfolgt, „in anderen Individuen andere entgegenstehende Zwecke und Leidenschaften hervorruft" (*Ästhetik*, hg. v. F. Bassenge, 1955, S. 1042).

Wie die zweite Szene der ersten, so stellt Leisewitz den Beginn des zweiten Aktes dem Ende des ersten scharf gegenüber. Julius, dessen fast somnambule Züge sein

Vater betont hatte, tritt im Kloster als ein Verwandelter auf, als der Guido wesensgleiche Bruder, der in einer freigeisternden Leidenschaft rast. Auch wenn man einräumt, daß Julius von der Drohung seines Bruders aufgeschreckt, von der Eigengewalt der Situation mitgerissen und überdies leicht „von einem Ende der menschlichen Natur zum andern gewirbelt wird" (I 1), so ist doch sein herrisches Wüten mit seinem Wesen nur schwer zu vereinbaren, zumal Leisewitz weit davon entfernt ist, Selbst- und Fremdcharakteristik differieren und Wesenszüge der Personen in einer perspektivisch gebrochenen Darstellung schillern oder verdecken zu lassen. Dieses dramatische Erstlingswerk versucht sich weder an einer undurchsichtigen Intrige noch an hintergründigen Personen: die ausgeleuchtete Oberfläche bildet die Tiefe rein ab. Mag diese Szene auch einen Bruch in der Entwicklung des Julius bezeichnen, psychologisch geschickt ist, wie es weniger der Drohung als der andeutenden Erinnerung gelingt, die Äbtissin umzustimmen, wie erst die Beschwörung vergangener Liebestage in Blanca, die freiwillig nochmals entsagt, einen Umschwung erreicht, der sich „in tiefen Gedanken" anzeigt. Berauscht von seiner mächtigen Vorstellungskraft, projiziert Julius das Gewesene in eine erfülltere gemeinsame Zukunft, die einzulösen er sein Leben wagen will. Wie Guido mit dem Schicksal, so will Julius mit dem Himmel um die Geliebte streiten. Eine nähere Bestimmung, wie ein solcher Streit eigentlich konkret aussähe, gibt er nicht: Die ausschweifende Imagination, die aufs Ganze gerichtet ist und sich nicht genugtun kann in der hyperbolischen Metaphorik von Widerstand und Überwindung, läßt das Faktische unter sich. Die Tiermetaphern werden, wie auch Guidos Drohung in der vierten Szene des dritten Aktes, in einen kunstvollen Bezug zu Blancas späterem Wahnsinnsausbruch gesetzt (vgl. V 4). Blancas „Liebe zum Himmel", wie sie sie nennt, anerkennt Julius in seiner Ichbezogenheit nicht, und als sie im Widerstreit der einander ausschließenden Gefühle wie eine Person Kleists in Ohnmacht fällt, da deutet sich Julius diese Bewußtlosigkeit als Geständnis ihrer Liebe. Wenngleich die nachfolgende Szene und vor allem die sechste und siebte des dritten Aktes Blancas aufkeimende Liebe bestätigen, in der sich, wie bei Héloïse, religiöse Andacht und Frauenliebe in einer die Phantasie zerrüttenden Weise mischen, so offenbart doch Julius einen bedenklichen Mangel an Einfühlung in ihre zwiespältige Lage, die er gegenüber Aspermonte als „entzückenden Streit der Religion und Liebe" (II 5) verharmlost.

Die fünfte Szene des zweiten Aktes bietet den angemessensten Ausdruck des Lebensgefühls des Prinzen, der gleichsam stellvertretend für die Stürmer und Dränger spricht. In enthusiastischen Worten verkündet Julius sein Selbst- und Freiheitsgefühl und seine Anschauung von der allmächtigen und allgegenwärtigen Liebeskraft, die sich Jahre später in Schillers Jugendhymne *Der Triumph der Liebe* und in den *Philosophischen Briefen* (der *Theosophie des Julius* [!] insbesondere) wiederfindet. Als gelehriger Schüler Rousseaus sagt Leisewitz' Julius dem dynastisch-gesellschaftlichen Prinzip ab, denn das Elend der Menschheit resultiert für ihn aus dem Widerspruch zwischen individueller Neigung und objektiver Forderung von Staat und Gesellschaft. Von welcher Art und Entschiedenheit der Individualismus des Julius ist, macht sein Bekenntnis zur subjektiven „Vernunft der Liebe" deutlich: Die allgemeine Ordnung der Staaten und Stände, die für die Aufklärung in der autonomen und generalisierenden Vernunft gründete, wird von der ‚raison de cœur' aufgelöst, die nur der eigenen, individuellen Eingebung folgt. Das Nationale begrenzt und unterjocht den Menschen, der erst als Weltbürger die über Stände und Grenzen hinwegreichende Gemeinschaft aller mit allen erfahren kann. Aber Julius will nicht der Enge seines Fürstentums entgehen, um ins Weite wirken zu können: In der robinsonhaften Idyllik des ländlich-einfachen Lebens meint er den Sinn seines Daseins mit Blanca verwirklichen zu können. Als ihm Guido diese Absicht unterstellt hatte, empfand er ihn „unausstehlich beleidigend" (I 2).

Diese emphatische fünfte Szene, die keine funktionale Bedeutung für das dargestellte Geschehen besitzt, zeigt in ihrem Fortgang, wie im Drama erst These und Gegenthese zusammengenommen die ganze Wahrheit und die volle Auffassung des Dichters vermitteln. Aspermontes Plädoyer stellt die berechtigte Gegenforderung auf. Er verurteilt den enthusiastischen Freund, der die Wirklichkeit als Aufgabe vernachlässigt und pflichtvergessen alle Bindungen als Prinz und Staatsbürger löst, um mit einer Frau in bukolischer Selbstgenügsamkeit seine Tage hinzubringen. Doch Julius verschließt sich allen Einwänden. Sein Menschheitsgefühl, das, wie sein Freiheitsverlangen, ein Teil seines expansiven Selbstgefühls ist, lehnt die Bedingtheit des Individuums durch Geburt und Geschick ab. Zwar bilden ihm „Tränen und Seufzer" die Sprache der Völker, doch konkretisiert sich auch diese Einsicht nicht in einer tathaften Folgerung: Die „brennende Phantasie" überfliegt leichthin die bedingte Wirklichkeit, ohne sie verändern zu wollen. Die Liebe, die nach seinem Ausruf die „mächtigsten Triebe und Kräfte" hervorbringt, bezieht sich nur auf sich selbst. Leisewitz hat in dieser Szene Größe und Grenze einer hochgesinnten Empfindung aufgezeigt: Das subjektivistische Freiheitsverlangen führt ins Unwirkliche; der Drang ins Weite enthüllt sich als Rückzug auf das eigene Innere; die Absage an die bedrängende Wirklichkeit schlägt in Weltflucht um. Aspermonte weiß, daß er nicht an Julius' Vernunft, vielmehr „an sein

Herz appellieren“ (III 5) muß. In kunstvoll gegliederter Syntax erreicht Aspermonte, der die Flucht des Sohnes auf das Sterben des Vaters bezieht, einen weiteren Aufschub. Über seinem erneuten Zögern wird sich Julius für einen Augenblick seiner tragischen Situation bewußt. Gleichviel, ob er flieht oder bleibt: mit Schuld und Schmerzen ist jede Entscheidung zu bezahlen. Daran kann auch die Zeit nichts ändern, zumal da die Ungeduld des Wartens nur vom raschen Tode des eigenen Vaters abgekürzt werden könnte. Die Wahl muß er also mit Notwendigkeit treffen; er muß tun, wofür sein verbindliches Wesen am wenigsten disponiert ist: sich entscheiden. Der Schlußmonolog dieses Aktes zeigt, wohin Julius gedrängt wird, denn die Liebe zu Blanca läßt ihn nicht los. Für eines Gedankens Länge offenbart sich ihm die Liebe als Abgrund, weder mit der Vernunft noch mit Empfindungen auszuloten. Zur Frage wird sie ihm nicht. – Der zweite Akt endigt, wie schon die Anfangsszene des ersten endigte, nämlich mit dem Fluchtaufschub. Bedenken wir, wie sehr die dargestellte Handlung stagniert, so erschließt sich recht eigentlich die Prävalenz der geistig-seelischen Vorgänge in Leisewitz' Drama. Die Szenenführung gleicht Spiegelungen, in denen ein Charakter aus immer neuen Perspektiven reflektiert wird. Doch da sich die Personen selbst erläutern, werden bereits bekannte Züge nur differenziert.

Von Liebe war im ersten Akt die Rede – der Anfang des zweiten zeigt die Geliebte; vom Staat wurde im zweiten Akt gehandelt – die erste Szene des dritten Aktes, eine Ensembleszene, stellt nun das glückliche Untertanenverhältnis am Geburtstag des Landesvaters dar: Das Wort geht in Leisewitz' Drama stets der Demonstration voraus, der sinnliche Eindruck holt nur mit Mühe die notwendige Ergänzung für die vorherrschende Argumentation nach. Die freudige Gestimmtheit der Anwesenden benutzt der Fürst, seine Söhne zur Raison zu bringen und beider Gefährdung und Verschuldung gegeneinander abzuwägen. Die Gegenthesen Aspermontes führt er weiter, indem er das Mißverhältnis in Julius' Haltung zwischen unbedingtem Wollen und rousseauischer Utopie des „verborgnen Lebens" aufdeckt. Die Freiheit eines Prinzen bedeutet nicht zu wollen, was er kann, sondern zu tun, was er soll. Am Ende des Gesprächs, das eine glückliche Peripetie verheißt, verpflichtet sich Julius aufgewühlt, seine Liebe zu überwinden. Als Guido in der folgenden Szene (III 3) seinem Bruder vorschlägt, gleich ihm auf Blanca zu verzichten, erhält Julius noch einmal die Gelegenheit, die Liebe als den Grund seines Wesens zu charakterisieren, als das Unbedingte in ihm, das nicht einfach „an- und auszuziehen" ist. Ehre erscheint Julius als bloßes Akzidens einer Person, während die Liebe dem Liebenden keine Wahlfreiheit läßt und nichts als sich selbst wollen kann. So endigt die Szene mit der „ewigen" Kriegserklärung Guidos, der Blanca nicht beansprucht, sie aber dem Nebenbuhler mißgönnen zu müssen meint. Seine Ehre entlarvt sich als Neid. In seinem Monolog legt sich Guido dämonische Züge bei: Als der stets gegenwärtige Geist der Rache und der Friedlosigkeit will er das Herz der Liebenden vergiften (vgl. den kunstvollen Bezug zu Blancas Wahnsinnsszene V 4). Was Leisewitz durch die Aufgipfelung des Gegensatzes zwischen den Brüdern gewinnt, verliert er durch diese Abwertung Guidos. Die Kollision der Charaktere, die sich als Konflikt gleichberechtigter Werte präzisierte, verflacht zum Gegensatz von Gut und Böse.

Mit der fünften Szene des dritten Aktes gehen die Handlungsantriebe wieder völlig auf Julius über. Sein Wort, das er dem Vater gab (III 2), erweist sich als wenig verläßlich: Durch Guidos Drohung sind die Würfel gefallen. Die Flucht muß sofort ins Werk gesetzt werden.

Aspermonte kann keinen weiteren Zeitgewinn buchen. Deutschland wird als zukünftige Heimat, als „Freistatt der Liebe" ausersehen – eine schöne Huldigung des Dichters, die die vaterländische Gesinnung der Hainbündler ausspricht, aber erst angemessen verstanden wird, wenn wir sie auf das Bekenntnis zum Weltbürgertum in der fünften Szene des zweiten Aktes beziehen.

Den vierten Akt – dem Abschied des Julius, seiner Flucht und seinem Tod weitläufig gewidmet – beginnt Leisewitz mit einem feinfühligen Monolog: Die Unwiderruflichkeit der Trennung offenbart und erhöht den Gefühlswert der Heimat und vertieft die Bindung an den Vater. Einen Augenblick lang zögert Julius, „um eines sterblichen Weibes willen" alles zu verlassen – doch die Gedankenpause genügt, das Gefühl aufschwingen zu lassen: Die Geliebte wird wie in Jacobis *Woldemar* (1777) ihrer menschlichen Begrenzung enthoben; in ihr vermutet der Liebende das Heil der Seele, die Erlösung von der Welt, auf die seine Weltflucht insgeheim hindeutet. Julius' Melancholie über die getroffene Entscheidung teilt sich Aspermonte mit. Ein letztes Mal gibt dieser die Alternative zu bedenken, die in der Zufriedenheit des Fürstentums und dem Glück des einzelnen besteht. Doch Julius hat sich bis zur Erstarrung festgelegt, wie es nur ein überlanges Zögern begreiflich machen kann. Das Unglück der Tarentiner, das diesen unter Guido droht, erreicht nicht mehr sein voreingenommenes Denken: Nur noch vom gleichmacherischen Tode her kann er – wie die In-tyrannos-Lyrik der Stürmer und Dränger – den Fürstenstand verstehen.

Ein weitläufiger Gefühlsaufwand beherrscht diese Szene, ein überlanges Atemholen geht der Flucht voraus. Erst der Schluß des auf sechs Szenen verkürzten vierten Aktes enthält das dargestellte Geschehen. Bis zu diesem Augenblick war alles Exposition, die in vielfältiger Selbst-

und Entgegensetzung der Charaktere wie in der furchtsamen oder hoffnungsvollen Vorwegnahme der Zukunft den Zusammenstoß der Brüder vorbereitete. Nunmehr trifft Julius' entschiedenes Handeln auf Guidos entschlossene Abwehr. Die rasche Tat vollzieht sich ohne eigentlichen Widerstand – Leisewitz trägt keine Bedenken, auf der Bühne, allerdings ohne grelle Effekte, töten zu lassen. Das letzte Wort des Sterbenden nennt Blanca. Wie vom Blitz getroffen steht Guido nach der Ermordung seines Bruders, weder die Befriedigung durch die Tat noch der Trotz des Täters kommen in ihm auf. Das Gewissen richtet die verblendete Leidenschaft. Die Kainstat verlangt unausweichlich von ihm, durch den eigenen Tod das Unsühnbare zu sühnen. Obwohl mit dieser sechsten Szene die Handlung um den Titelhelden abbricht, endigt das Stück nicht. Der fünfte Akt, der Abgesang des Ganzen, hat die Funktion, Klage und Rache aufzunehmen und die Korrelation von Sittlichkeit und dramatischer Absicht in der Reifung Guidos und der erhabenen Tat des Fürsten mit pathetischer Rührung darzustellen.

In die Klage des Fürsten, die sich vor dem Leichnam des Toten zum schmerzvollen Ausbruch steigert, drängt sich sofort die Verantwortung, den Täter richten zu müssen. Als Fürst verwaltet Constantin das „oberrichterliche Amt" (V 9). Seltsamerweise fragt er nicht nach den näheren Umständen des Mords: Das Andenken des Sohnes, der sich immerhin auf der Flucht vor der Verantwortung befand, soll nicht angetastet und die Rache an Guido nicht zusätzlich erschwert werden. – In zwei an Shakespeare geschulten Szenen läßt Leisewitz Blanca, das reinste Opfer dieses Dramas, Abschied nehmen von Julius: Klage und Selbstanklage gehen in ihren Worten ineinander über, das Gelübde der Nonne zur Weltabsage versteinert sich im Vermächtnis des „ewigen Leidens".

Mit dem Toten verliert Blanca endgültig den Bezug zur Wirklichkeit. Schon vorher hatte der Kampf zwischen Eros und Agape ihre Phantasie derart zerrüttet, daß sich diese in die Unwirklichkeit der gemeinsamen Zukunft auflöste (II 3) und sie in die Schauer der Todessehnsucht versank (III 7). Die Verzweiflung nimmt ihr den Verstand, beläßt ihr jedoch das unglückselige Leben, wie sehr sie auch, die Schmerzverwandte von Kleists Penthesilea (vgl. Vers 3025 ff.), ihren Tod aus dem Gedanken an den Toten ziehen möchte. In der meisterhaften vierten Szene des Schlußaktes trägt Leisewitz der Nonne Blanca die durch die Bilder der Offenbarung versinnlichte Vergänglichkeitstopik auf. Das ewige Thema der Tragödie klingt zuerst in ihren Worten an, die Klage um den Menschen, der „über die Erde hingeht, ohne eine Spur hinter sich zu lassen, wie das Lächeln über das Gesicht oder der Gesang des Vogels durch den Wald", der zu Staub vergeht unter dem ewiggleichen, fühllosen „Zirkeltanz" der Gestirne. Dem Schmerz bleibt kein tröstender Aufblick, wenn das Leben nicht über sich hinausreicht. Blancas verwirrtem Sinn scheint die hochzeitliche Verbindung gekommen, doch sofort drängen sich die Unglücksbilder wieder vor, apokalyptische Visionen steigen auf, die die verschiedenen Gestalten des Ungeheuers (Offb. 4, 7 und 6, 2–8) annehmen und sich in Guidos Namen verdichten. Julius verwandelt sich der Unglücklichen in einen Engel des Zorns (Offb. 16, 1 ff.). Mit dem Tod des Geliebten nimmt sich die Schöpfung in sich selbst zurück. Julius hatte Blanca die Welt bedeutet – sein Ende erscheint ihr als das Ende von Himmel und Erde: „Sieh, der Himmel rollet sich angstvoll wie ein Buch zusammen ..." (Jesaja 34, 4 und Offb. 6, 12–14.) Nach den kosmischen Schreckgesichten mildert Leisewitz den Abgang Blancas durch das rokokohafte Bild des schlafenden Schäfers. Die Schilderung von Blancas Leid, das sein Maß der früheren

Leidenschaft und der Größe des Verlusts entnimmt, und die Darstellung des Wahnsinns, der sich im Wechsel fast autonomer Bilder und in der Zeichensprache der Mimik und Gestik ausdrückt, beweist Leisewitz' dramatische Kunst, die in diesen Szenen auf strenge Naturtreue dringt. Schon die *Erfurtischen gelehrten Zeitungen* für das Jahr 1776 rühmten sie und meinten, Leisewitz scheine darin selbst Goethe (dessen Gretchentragödie zu dieser Zeit noch nicht vorlag) zu übertreffen. Der individuelle Schmerz über die Vergänglichkeit des Menschen weitet sich aus zum Verfall des ganzen kosmischen Lebens, die apokalyptischen Vorstellungen, die einer unglücklichen Nonne naheliegen, nehmen die individuellen Züge Julius' und Guidos an: In dieser Verbindung von Einzelnem und Allgemeinem, von Bild und Sinn besteht Leisewitz' geglückter Individualstil.

Die Mittelszenen des fünften Aufzugs dienen der Vorbereitung des Sühneaktes. Wie Lessings Odoardo Galotti zwingt der Fürst dem Schmerz Kälte ab, damit der Vater in ihm den Richter nicht störe. Er muß den eigenen Sohn töten, um, wie in der griechischen Tragödie, das Land zu entsühnen, in dem das Ungeheuerliche möglich war. In seinen Plan kann er Guido sogar einweihen, denn dieser verlangt im Eigenhaß nach einem raschen Tod. Aber auch der Fürst wird sich am Ende seiner eigenen Verfehlung bewußt: Er hatte Blanca ins Kloster bringen lassen. Von Schmerz und Schuld erdrückt, fühlt er sich gedrängt, das alte Leben selbst abzukürzen, doch er weist die Versuchung, die auch Guido verfolgte, sofort von sich. (Damit beantwortet Leisewitz die Frage nach dem Selbstmord, die in seiner Zeit heftig diskutiert wurde, im Sinne Rousseaus und gegen Werther, der die Freiheit zum eigenen Tod auch im Gespräch vertreten hatte.) Daß der Fürst die Tötung Guidos malen lassen möchte, befremdet den heutigen Leser zunächst. Aber die Bilder sollen dem Vater den unendlichen Schmerz festhalten und der heilenden Zeit entreißen. Gleicherweise soll sich der „ganze Jammer" der Stunde im Lied zeitlos vergegenwärtigen (– ein beliebtes Motiv der Geniezeit, das noch *Kabale und Liebe* V 1 verwertet). Nur dem Leid will der Fürst fortan gehören – er löscht die glückliche Vergangenheit seines Lebens und seine Zukunft aus, indem er, psychologisch verständlich, die Gegenwart verabsolutiert.

Wie so oft, endigt auch der Prozeß dieses Dramas als Gericht. Die achte Szene – auf die der ganze fünfte Akt hingearbeitet ist – erweitert sich zum Tribunal: Guido erlangt nach der Beichte die Vergebung seines Vaters. Das Schlußbild, im dekorativen Stil des damals geschmähten Barockheroismus gehalten, zeigt, wie der Fürst tötet, was der Vater in ihm trotz allem liebt. Guido, der über Neid und Haß hinausgewachsen ist, erfüllt in der freiwilligen Unterwerfung den Sinn aller Sühne: mit dem eigenen Leben die verletzte Ordnung des Seins zu heilen.

Das Drama der ungebändigten Leidenschaften schließt mit dem Tod oder der inneren Vernichtung der Hauptpersonen. Die junge Generation ist an sich selbst zugrunde gegangen. Den alten Fürsten hat der Tod aufgespart, damit er die äußerste Bitterkeit des Lebens noch erfahre. Dem Dienst an seinem Fürstentum ist er abgestorben. Die Qual über das Geschick seines Hauses läßt ihn verstummen. So übergibt er sich mit dem „Memento mori", dem Grundwort der Barockzeit, den Kartäusern, denen Schweigen Pflicht ist.

IV

„Blut und Nerven" habe sein Karlos von Leisewitz' Julius, schrieb Schiller am 14. April 1783 seinem späteren Schwager Reinwald, und am „Feuer der Farben" seien beide zu messen. – Grenzen und Bindungen verachtende Leidenschaften bringen in Leisewitz' Drama dieses „Feuer der Farben“ hervor. Nur in der Leidenschaft glaubte die Geniegeneration das Leben in seiner gottdurchwirkten Fülle ergreifen zu können. Führte im barocken Trauerspiel das Übermaß der Affekte gleichsam von selbst zum Untergang; verurteilte das aufklärerische Drama die Passionen als Mangel an vernunftgemäßer Beherrschung der Sinne: die Stürmer und Dränger setzen die dramatische Dichtung mit dem eruptiven Ausbruch der ‚Natur‘ des Menschen gleich. Der Grad ihrer Gefühlsergriffenheit charakterisiert die Personae dramatis; ihre menschliche Größe hängt ab von der Fähigkeit, der Leidenschaft unbedingt zu folgen. Nur wenn wir Julius von diesen Voraussetzungen her begreifen, können wir ihn in angemessener Weise verstehen. In ihm verdichtet sich die Leidenschaft zum Gefühl der absoluten Liebe. Er müßte sich selbst aufgeben, wollte er seiner Liebe entsagen, und verginge sich an seinem Herzen, das ihm Grund und Richte seines Lebens ist. Die Liebe erscheint als das einzige Absolutum. Religion und Sittlichkeit, in denen vormals die dramatischen ‚Helden‘ des Glaubens und der Gesinnung gründeten, sind in ihr (im doppelten Wortverstand) ‚aufgehoben‘. Für Blanca bilden irdische und religiöse Liebe eine ursprüngliche Einheit, die erst das Nonnengelübde unheilvoll trennt. Unsterblichkeit fühlte sie in Julius' Armen, wie sie sagt, Ewigkeit in der Liebe (III 6): Die sakrale Terminologie spiegelt den Säkularisierungsprozeß, der im 18. Jahrhundert seinen Höhepunkt erreicht, aber nicht nur negativ, als Entleerung christlicher Formen, verstanden werden darf. Zwar büßt die Religion an verbindlicher Überzeugung ein, doch das Leben selbst wird jetzt – besonders in den fühlbaren Erscheinungen von Natur, Liebe und Freundschaft – mit der Innigkeit des religiösen Gefühls erfahren. Die Gefahr, die der Übertragung sakraler Werte auf menschliche Verbindungen droht, liegt auf der Hand. Wenn der transzendente Gott als Gott des „innersten Gefühls" (Kleist) verweltlicht wird, wenn die Menschenliebe als Absolutum gesetzt und die Geliebte vergöttlicht, „Vaterland, Vater und Mutter, Bruder und Freund" (IV 1) wird, folgen Tod oder Wahnsinn notwendig dem Ende dieser Liebe. Zudem überfordert ein Liebesbezug, der mit religiöser Unbedingtheit erlebt wird, stets den andern, denn dieser soll aus der Begrenzung des Irdischen erlösen. Die Gefahren der Werther-Epoche bedrohen auch Leisewitz' Liebende. Aus der „Fülle des Herzens", wie die Formel des Grafen Stolberg lautete, will Julius die Welt bestehen, die er nicht kennt. Zwar bleibt der religiöse Grund seiner Liebe unausgesprochen, da sich ihm die Religion in der „Regel des Augustin" (II 1) institutionell verhärtete, aber die Unbedingtheit, mit der sein Liebesgefühl wirkt, offenbart auch ihm ihren „allmächtigen Strahl" (II 5). So ist es nur folgerichtig, daß er seine Leidenschaft von der Guidos abhebt: Die Macht der Liebe, der der Liebende unterworfen ist, unterscheidet sich von der Macht des Ruhms über den Ehrgeizigen, denn die Liebe ist die Weltkraft, die in Natur und Mensch gleicherweise wirkt (II 5). Aus ihr zu leben bedeutet, mit der Schöpfung (und, wie hinzugefügt werden darf, mit dem Schöpfer) übereinzustimmen.

Diese Voraussetzungen, die zum Verständnis Julius' bedacht werden müssen, haben auch ihre Folgerungen: Die liebesverklärte Imagination schafft sich ihre eigene Welt, zu der keine Wirklichkeit aufreicht. Leisewitz' Trauerspiel zeigt, daß die objektiven Verhältnisse den hochfliegenden Sinn Julius' kaum tangieren, daß die Gegenstandswelt, in die das Individuum durch eine Vielheit konkreter Bezüge eingebettet ist, lediglich als schwärmerisch erfühlte Natur faßbar wird. Der Grund dafür liegt im Selbstbezug des Prinzen. Je echter und inniger die Liebe in ihm zu seinem Ziel geworden ist, desto problematischer wird sein Bezug zur kompromißgeformten Wirklichkeit des Staates und der Gesellschaft, die ein Netz der Unfreiheit über die menschlichen Bezüge geworfen hat. Diese ‚Disproportion' von Innerlichkeit und Umwelt verschärft Leisewitz auf großartige Weise, indem er zum Nebenthema des Dramas den Pflichtenkonflikt macht, der allerdings von Julius nicht in seiner vollen Schwere durchgehalten werden muß. Der Prinz beansprucht nur die selbstverständliche Freiheit des Menschen, wenn er seiner Liebe folgen will, doch eben diese Freiheit ist ihm, dem Fürsten, paradoxerweise versagt. Der Anspruch des gefährdeten Staatswesens erreicht nicht sein moralisches Bewußtsein. An diesem Punkt beginnt Julius' Schuld als Folge seiner Unbedingtheit. Weniger sein Gewissen als seine empfängliche Sensibilität für den alten Vater halten ihn von der raschen Flucht ab. Die Einsicht, daß die Freiheit des Regenten nur in der Verantwortung für die Gemeinschaft sittlich verwirklicht werden kann, bleibt ihm verschlossen. (Der Konflikt zwischen der Autonomie des Individuums und der Forderung des Staates wird erst in Törrings *Agnes Bernauer*, 1780, thematisch.) So muß Julius seine Unbedingtheit, die nur sich selbst verpflichtet ist, mit dem Preis der Schuld an den Tarentinern bezahlen. Damit klingt in Leisewitz' Drama das Thema späterer Tragödien an: Das Individuum, das sich aus dem ursprünglichen Nexus gelöst hat, weiß in seiner Vereinzelung nicht Maß zu halten und vergeht sich darüber am Ganzen der Welt. „Menschennatur und Menschengeschick" bezeichnete Hebbel in seiner *Wienbarg*-Rezension als die beiden Rätsel, die das Drama zu lösen strebe – man wird hinzufügen müssen, daß das eigentliche Rätsel im Verhältnis beider, im Zusammenhang von Charakter und Schicksal, besteht. Wie tief in den Dichtungen der Genieperiode das autonom gesetzte Gefühl begriffen wurde, verdeutlicht das Ende vieler Gestalten, die wie Werther am Wechsel von innerer Fülle und Leere zerbrechen. In Klingers *Sturm und Drang* sagt Wild schon in der Eingangsszene: „Unser Unglück kommt aus unserer eigenen Stimmung des Herzens, die Welt hat dabei getan, aber weniger als wir." Im Charakter der Personen, die nach dem Unbedingten trachten, bricht das Verhängnis hervor, da sie, ausschließlich auf ihre weltlose Innerlichkeit verwiesen, den ausgleichenden und kompromißbereiten Bezug zur Wirklichkeit nicht herstellen können. Diese immanente Tragik, die der Sturm und Drang für sich entdeckt, bedeutet also, daß in der Tiefe des leidenschaftlichen Gefühls Größe und Elend des Menschen beheimatet sind. Das Tragische tritt dort in seiner verdichtetsten Form auf, wo der ‚Held' durch sich selbst fällt, wo der Gefühlswert, der Glück und Bestimmung bedeutet, sich zugleich als Ursprung von Leid und Tod enthüllt.

Die Mängel, die Leisewitz' dramatischem Hauptkonflikt dadurch anhaften, daß er den anfangs großgearteten Guido als Neidling demaskiert und Julius die Kollision von Pflicht und Liebe zu verharmlosen gestattet, erhalten unter dem Blickpunkt der eben erwähnten Immanenz des Tragischen Konsequenzen, die auch den geistigen Gehalt des Werkes berühren: Der Antagonismus der Brüder verliert sein wertgleiches Niveau und der Konflikt seine innere Notwendigkeit, da Julius und Guido unvergleichbar geworden sind und nicht länger die zwei einander zur Vollkommenheit ergänzenden Seiten einer vollen Person verkörpern (wovon Cäcilia spricht: II 7), deren Gegensatz dem inneren Streit eines einzelnen gliche. Indem Guido als gemeines Werkzeug des Hasses und der Eifersucht fungiert, kommt Julius' Tod sinnlos und ganz äußerlich. Leisewitz hat also die Verschuldung des Erbprinzen weder in dessen Todesursache einbezogen noch in der späteren Beurteilung durch die Mithandelnden thematisiert. Fürst Constantin bedenkt nicht, daß sein Sohn gleichsam als Deserteur erschlagen wurde, und Guido ruft den Verklärten sogar als Märtyrer an (V 8). Die Berechtigung von Aspermontes Gegenthesen, die die Absonderung des Prinzen von Pflicht und Wirklichkeit tadelten, wird nicht weiterverfolgt. Ist das maßlos-unbedingte Gefühl per se zum Scheitern verurteilt? Obwohl Leisewitz diese Frage, die die Handlung um Julius stellt, nicht expressis verbis beantwortet, kann doch wohl dem fünften Akt entnommen werden, daß er die Liebesleidenschaft Julius' nicht nur bejaht, sondern auch dessen Tun von der fehlenden Wahlmöglichkeit her rechtfertigt. Aber Julius stirbt nicht völlig schuldlos, denn das Unterlassene klagt ihn an. Otto Ludwig hat in der bereits erwähnten kurzen Meditation über dieses Trauerspiel mit Recht gesagt: „... keiner, der darin leidet, leidet unschuldig" (– wobei Blancas Leid als das reinste erscheint). Die Dignität des Tragischen bleibt Julius, der hineingestellt ist in den unaufhebbaren Gegensatz von Pflicht und Neigung, gleichwohl gewahrt, denn Tragik setzt nicht die moralische Vollkommenheit des Menschen voraus, sie bedarf vielmehr der leichten Ambivalenz des Charakters, um zufassen zu können. Julius ist also ein ‚gemischter' Charakter. Im Verlauf der dramatischen Explikation verdunkelt sich sein Seelenadel durch narzißhafte Ichbezogenheit, während Guidos Bosheit durch den Sühnewillen gemildert wird. Die beiden Brüder sind keine fertigen Charaktere von allem Anfang an – in Brüchen und Sprüngen vollzieht sich ihre Entwicklung. Ganymedisch hingabefähig beginnt der eine, in prometheischem Trotz verirrt sich der andere. Auch wenn der kategoriale Unterschied von Dichtung und Wirklichkeit nicht verwischt und das Drama nur bedingt als historisches Zeugnis gewertet werden darf, so ist doch der Schluß erlaubt, daß in der Sturm-und-Drang-Zeit die Ziele fehlen, für die es sich einzusetzen lohnte. Guido, dem Prototyp des ‚großen Kerls', fehlt das Objekt, das seinen besessenen Handlungswillen freisetzen könnte, während Julius es in den staatlichen Aufgaben besitzt, aber die Idylle vorzieht, auf die die dramatische Absicht zuläuft. Die Probleme, die die ‚engagierte' Literatur jener Tage erfüllten, hätten allerdings Leisewitz' kompositionelle Einheit gesprengt: Das Motiv der Mesalliance hätte den Vater-Sohn-Konflikt und eine andere Figurenkonstellation erzwungen, während das Tyrannenmotiv unterdrückt werden mußte, um Julius nicht den Konflikt mit dem Vater und dem Staat gänzlich zu ersparen. Die ständische Gliederung der Gesellschaft und die sozialen Gegensätze stellten sich nur Lenz und dem jungen Schiller als Problem.

Emotionen unmittelbar darzustellen und dadurch den Zuschauer aufzuwühlen, war das erklärte Ziel der Stürmer und Dränger. Wirkungsabsichten, die über die Erregung der Leidenschaften hinausführen, verfolgte man selten, denn gegen Gottscheds Zwangsverhältnis von Moral und Ästhetik hatte sich schon 1767 Herder (Suphan, Bd IV, S. 285) ausgesprochen, als er den moralischen Endzweck aus der Dichtung verwies. Auf die Autorität des Aristoteles gestützt, schrieb Lessing eine Wirkungspoetik der Tragödie, die der jungen Generation mehr Achtung als Nachahmung abnötigte. Überkräftig war aber sein Einfluß auf Leisewitz, wie vor allem der fünfte Akt des *Julius* deutlich macht, der an das weltüberwindende Sterben der Miss Sara Sampson und die Tötung der seelisch gefährdeten Emilia Galotti durch ihren Vater erinnert. Da uns heutzutage stoffliche Abhängigkeiten wenig berühren, so mag der Hinweis genügen, daß der Schluß des *Julius* bis in Redewendungen und szenische

Anmerkungen hinein das Vorbild der *Emilia Galotti* spiegelt (V 5: Der Vater sticht zur Probe mit dem Dolch zu). Wichtiger als die buchstäbliche Abhängigkeit ist die geistige Übereinstimmung mit Lessing, die sich am stärksten in der Verwandlung Guidos ausdrückt. (Der Quelle zufolge ist er der Reue und Buße verschlossen.) Lessings Auffassung der tragischen Wirkung ist allenthalben spürbar: Die Klagen Blancas und des Fürsten sollten den Zuschauer rühren und im Mitleid für fremdes Leid öffnen; die Vorbereitung des Endes sollte die Furcht für Vater und Sohn erregen, die Art aber, wie der Fürst das Strafgericht an dem reifgewordenen Guido vollzieht, den Zuschauer reinigen und erheben: Die (von Lessing im Briefwechsel mit Mendelssohn oft geforderte) Verbindung des Heroischen mit dem Menschlichen, die den Schluß des *Julius* bildet, mochte zeigen, welche Größe der Gesinnung Menschen möglich ist, auch wenn sie sich von irdischen Verstrickungen nicht hatten freihalten können.

Diese Anschauung von der ethischen Funktion der Kunst, die der fünfte Akt des *Julius von Tarent* ausspricht, stellt Leisewitz zwischen Lessing und Schiller und verdeutlicht den Abstand zu Klinger. In der Verabsolutierung der Leidenschaft und im Subjektivismus des Fühlens und Handelns gleichen Leisewitz und Klinger einander, und ihre jugendlichen Helden verbindet die hyperbolische Imagination und die superlativische Gebärde. Doch in der Darstellungsform, deren ‚Gesetz der Gesetzlosigkeit' die syntaktische Fügung in Klingers Frühwerk aufbricht, deren geistarme Wildheit den zielsicheren Aufbau verunklärt und den überkräftigen Anfang abflacht – im Stil also unterscheidet sich Leisewitz nachdrücklich von seinem Konkurrenten. Noch im Furioso ihrer Leidenschaften sprechen Leisewitz' dramatische Personen aus einer wortmächtigen Überlegenheit, die ihnen ihre distanzierende Reflexion vermittelt. Diese Bewußtheit befähigt sie, augenblicks von der konkreten Situation abstrahieren und übergeordnete Themen erörtern zu können. Der Atem der Leidenschaft, der den *Julius von Tarent* durchweht, ist in Parallelismen und Antithesen, in Sentenzen und Bildern geformt. Am hohen Sprachniveau haben alle Personen gleichen Anteil, doch verwertet Leisewitz oft seine eindrucksvollen Bildvergleiche bereits in der Weise, daß sie knappe Indizien für die Charaktere liefern. So bietet Guido die Kriegsmetaphorik auf, und dem greisen Fürsten erscheinen die Stadien des Menschenlebens in den Vorstellungen pflanzenhaften Blühens und Vergehens. („Mein Haus ist gefallen, die jungen Orangenbäume mit Blüte und Frucht sind umgehauen ..." V 9.) Doch was Lenz gelang, konnte Leisewitz von seinen Voraussetzungen her nicht wollen: die Personen in allen ihren Bezügen und Verhältnissen wiedergeben und die Mannigfaltigkeit der Charaktere – ja sogar ihre spezifischen Stimmungen – in individuellen Redeweisen erfassen. Die Leidenschaft ist bei Leisewitz ungewöhnlich sprachfähig, d. h. sie nimmt den verzögernden Weg über die Reflexion auf sich und bildet damit die zögernde Haltung des Prinzen ab. Das Herz will sich im *Julius von Tarent* gegen die Vernunft durchsetzen, aber wie kräftig diese ihr Eigenrecht ausübt, zeigt sich darin, daß um die Legitimität des Irrationalen mit den Mitteln des räsonierenden Verstands gefochten wird. Leidenschaft drängt nach affektwahrer Unmittelbarkeit. Wie der Gedanke zum Entschluß nicht „Tagereisen hinken" (II 5), sondern mit ihm eins sein will, so verlangt auch die ungestüme Leidenschaft die völlige Einheit von Gefühl und Ausdruck, die aber Leisewitz seinen Personen zugunsten ihrer rationalen Klarheit verwehrt.

Wenn Situationen und innere Zustände geistig artikulierbar sind, dann überrascht es nicht, daß die Personae dramatis sich und die Mitagierenden in der dargelegten Weise durchschauen und nicht erst ihr Tun ihren Charakter – gleichsam gegen ihren Willen – authentisch erklärt. Das Verhältnis des Gefühls zum Bewußtsein, des Individuellen zum Normativen erlaubt es, Schlüsse zu ziehen, die für Lessing und Leisewitz gelten: Wie die handelnden Personen sogar im Affekt die Fähigkeit zur ordnenden Sprache besitzen, so hat auch ihr moralisches Bewußtsein die Kraft, Schuld durch Sühnung anzuerkennen und den verletzten ‚Ordo' wiederaufzurichten; wie die Sprache dieses Dramas die individuellen Gefühle nach allgemeinen Gesetzen gliedert, so bestimmt der überpersönliche Anspruch die persönliche Tat innerhalb der festen Koordinaten von Verfehlung und Wiedergutmachung. Diese gesetzhafte Verknüpfung des Persönlichen mit dem Überpersönlichen zeigt Leisewitz als Gestalter einer Weltordnung, die die Leidenschaft bejaht und den Mord nicht ausschließt, den Menschen aber befähigt, über sich hinauswachsen zu können.

INHALT

Dramen des Sturm und Drang

IN RECLAMS UNIVERSAL-BIBLIOTHEK

Heinrich Wilhelm von Gerstenberg, Ugolino. Mit einem Anhang und einer Auswahl aus den theoretischen und kritischen Schriften. Hrsg. v. Ch. Siegrist. 158 S. UB 141

Johann Wolfgang Goethe, Clavigo. Nachw. v. H. Bachmaier. 69 S. UB 96 – Götz von Berlichingen. 112 S. UB 71 – Satiren, Farcen und Hanswurstiaden. Hrsg. v. M. Stern. 224 S. UB 8565 – Stella. Nachw. v. H. Bachmaier. 64 S. UB 104 – Der Urfaust. Eingel. v. R. Petsch. 71 S. UB 5273

Friedrich Maximilian Klinger, Sturm und Drang. Mit einem Anhang zur Entstehungs- und Wirkungsgeschichte. Hrsg. v. J.-U. Fechner. 173 S. UB 248 – Die Zwillinge. Nachw. v. K. S. Guthke. 79 S. UB 438

Johann Anton Leisewitz, Julius von Tarent. Hrsg. v. W. Keller. 119 S. UB 111

Jakob Michael Reinhold Lenz, Der Hofmeister oder Vorteile der Privaterziehung. Nachw. v. K. S. Guthke. 92 S. UB 1376 – Die Soldaten. Nachw. v. M. Windfuhr. 64 S. UB 5899

Friedrich Schiller, Kabale und Liebe. 128 S. UB 33 – Die Räuber. Mit einem Nachwort. 168 S. UB 15 – Die Verschwörung des Fiesko zu Genua. 120 S. UB 51

Heinrich Leopold Wagner, Die Kindermörderin. Im Anhang: Auszüge aus der Bearbeitung von K. G. Lessing (1777) und der Umarbeitung von H. L. Wagner (1779) sowie Dokumente zur Wirkungsgeschichte. Hrsg. v. J.-U. Fechner. 174 S. UB 5698

Interpretationen: Dramen des Sturm und Drang. 6 Beiträge. 216 S. UB 8410

Philipp Reclam jun. Stuttgart